嗯……？
什麼……？
你們想去水與溫泉之都，阿爾坎雷提亞？
要我看店倒是無所謂啦……
為什麼這麼突然……
奸
笑
看來……這些傢伙似乎有什麼企圖，
待我稍微來偷看一下吧。
廢柴四重奏
為美好的世界獻上祝福！4

維茲的情況——
前面那位小姐！瞧妳一臉不幸的樣子……
要不要帶個艾莉絲女神人偶啊？保證妳可以得到幸運喔！
哎呀，這樣店裡的經營狀況也會好轉吧……！
巴尼爾先生好像也很喜歡人偶，帶回去送他好了……
唔——嗯……
我上次確實製造了人偶，但並不是因為喜歡才做的啊。
而且要是炸掉那個人偶，感覺就會遭天譴吧。

惠惠的情況——
那個教堂……
那裡的地下100樓肯定有強大的敵人存在……
紅魔族的魔法師大人！
鎮民A
其實這個城鎮目前正因凶惡的怪物而受苦受難……！
呵……好吧。
一切都包在我身上。
只要有我的魔法！！無論是任何敵人！！都會被燃燒殆盡！！等著瞧吧呼哈哈哈！
呼哈哈哈！
這傢伙的腦袋裡就只有爆裂而已嗎？

達克妮絲的情況——
來……好好地懺悔妳的罪過吧。
ポ
ウッ…
我拒絕！
我是虔誠的艾莉絲教徒，
無論你們對我說了什麼我都不會屈服！
阿克西斯教徒
那麼……
阿克西斯教徒的手
就直接來問問妳的身體吧。
呵呵——
你、你想怎樣！住手……！
!
不予置評。

阿克婭的情況——
ガヤ
啊啊！阿克婭大人！
ガヤ
這是多麼神聖啊……！
阿克婭大人！請幫我簽名！
請問可以拍照嗎！
阿克婭大人！請和我握手！
好啦好啦，本小姐不會消失不見啦。
喔喔……！
乖，你們可不能吵架喔！
多麼溫柔啊……
噗！（笑）

ゴゴゴ
和真的情況——
偷窺女體。
呵！呵！呵……
ゴゴ

嗯，這還真是……
啊嗚嗚嗚嗚
不可以啦啊啊啊啊！
這個男人也是
不出所料……

原來如此……原來是這麼回事啊。
既然是妄想，那不要只偷窺，一起下去泡不就得了……
盯
嗯……？
……那個女孩……
芸芸的情況——
泡溫泉好舒服喔，芸芸。
呵呵，就是說啊，惠惠。
吾乃千里眼惡魔。
所以吾知道在場所有人的妄想全都不會實現。
GooD Luck
不過，總之汝輩就先啟程再說吧！

為美好的世界獻上祝福！4

廢柴四重奏

暁 なつめ

illustration 三嶋くろね

Kadokawa Fantastic Novels

Character
達克妮絲
年齡 18歲
職業 十字騎士
在遭受怪物攻擊之中得到快感，專司防禦的女騎士。同時也是大貴族──達斯堤尼斯家的千金大小姐。專長是妄想。
阿克婭
年齡 年齡不詳
職業 大祭司
指引英年早逝者的女神。以討伐魔王為目標，與和真一起行動。喜歡的東西是酒，專長是宴會才藝。
惠惠
年齡 14歲
職業 大法師
紅魔族當中首屈一指的天才魔法師。深受「爆裂魔法」的魅力吸引，只會用這招，也只肯用這招。喜歡的東西是爆裂魔法。專長是爆裂魔法。興趣也是爆裂魔法。
芸芸
年齡 13歲
職業 大法師
維茲
年齡 20歲
職業 店老闆
和真
年齡 16歲
職業 冒險者
拖著阿克婭來到異世界，無論生前或異世界都是個繭居族冒險者。對討伐魔王的任務已經進入了半放棄狀態。
艾莉絲
年齡 年齡不詳
職業 女神
瑟娜
年齡 20歲
職業 王國檢察官

為美好的世界獻上祝福！

廢柴四重奏

CONTENTS

序章

暖爐柔和的火光，只是這樣看著，心就好像暖了起來。

我看著這樣的火光，披著毛茸茸的皮草睡袍，閒適地窩在沙發上。

正當我望著爐火時，有人以優雅的動作，朝我遞出茶杯。

「最高級的紅茶泡好囉，和真先生。」

說著，端了紅茶給我的阿克婭在我身旁坐了下來。

我啜飲了一口剛泡好的紅茶……

「……這是熱開水的說。」

「哎呀哎呀，我真是太不小心了。對不起喔，和真先生。」

「沒關係，反正再泡一杯就好了。謝謝妳，阿克婭，這杯我就這樣喝了。」

這麼說來，阿克婭能夠淨化她所觸碰到的液體是吧。

大概是在泡紅茶的時候，不小心把茶水變成熱開水了吧。

但是，精神狀態處於平靜的我，並不會對這種事情生氣。

我啜飲著熱開水，感覺從體內深處整個人都暖了起來。

好平靜啊。

原來人只要在經濟上變得寬裕，心境也會跟著變得如此平靜啊。

阿克婭在我身邊專心看起一本名為《哥布林也學得會的貴婦用語》的書。

我帶著微笑望著這樣的阿克婭，同時端起她重新泡過一次茶的杯子，並喝了一口。

——裡面果然還是熱開水，但現在的我並不會為了這點小事而生氣。

第一章 向紛紜擾嚷的外界說聲再會！

1

春天。

既是融雪的季節，也是在冬天足不出戶的冒險者們再次開始活動的季節。

怪物們也開始活絡地行動、進入繁殖期，就是一個這樣的季節。

於是──

「不要──！我不要！外面還那麼冷耶！吶，妳們是怎麼了？妳們兩個都傻了嗎？到處都還有沒融光的雪，妳們怎麼會這麼急著想出去外面啊？妳們是小朋友嗎？妳們這樣和吵著想出去外面玩的小朋友差不了多少喔！那麼想出去外面的話，妳們兩個自己去啦！」

春天，也是會讓人腦袋放空的季節。

儘管時序已經進入春天，城鎮外面依然留有積雪。

阿克婭緊抓著暖爐前的沙發的椅背，而達克妮絲和惠惠則是拚命想把她扒下來。

她們兩個表示，怪物已經開始出現了，所以想去出任務；而阿克婭卻說，外面還很冷所以不想去，正在要性子。

「妳說誰是小朋友啊，現在的阿克婭還比較像小朋友喔！快點走啦！冬天的時候妳已經閒在家裡打滾夠久了，差不多該開始工作了！要不然……！」

「據說，以蟾蜍為首，鎮外已經有各種怪物開始活絡地行動，開始對農家造成危害了。保護居民是冒險者的義務！快、快點，阿克婭！放開妳的手！否則，再這樣下去……！」

說著，惠惠和達克妮絲瞄了我一眼。

「「妳也會變成那副德性喔！」」

兩人的聲音共鳴了。

聞言，阿克婭看起來有點戰戰兢兢地偷瞄了我一眼。

「再怎麼說，我也不想變成那樣啦……可是，在說服我之前，妳們應該要先想辦法處理一下那位廢人才對吧！」

然後帶著複雜的表情說出這種失禮的話。

「喂，妳們幾個。我個性再怎麼敦厚，該生氣的時候還是會生氣喔。妳們是怎樣，從剛才開始就用那副德性、那位廢人之類的在形容我，太沒禮貌了吧。」

「有意見你就先離開那裡再說啊。」

聽我出言抗議，依然抓著沙發的阿克婭立刻這麼回答。

在這種冷到不行的時候，我一點也不想理會那種白痴意見，於是我把頭縮了回來。

縮進日本的終極武器，暖桌裡面。

——打倒名為巴尼爾的魔王軍幹部，回到鎮上之後……

那個惡魔卻生龍活虎地在維茲的店裡打工。

然後，他做出和達克妮絲有關的不祥預言，並且找我談起了生意。

所謂的生意，就是大肆販售我原本的世界的商品。

巴尼爾說，我只需要負責開發，至於商品的大量生產以及銷售管道，他保證都會負責。

這樣的條件，再加上又是我之前就一直想做的事情，正可說是水到渠成，於是我就遵照巴尼爾所言，整個無所事事的冬天都在開發商品——

「……和真。夠了吧，請你從裡面出來好嗎？要不然會對阿克婭造成不良影響耶。我知道和真的雙手很靈巧，也了解你們國家的取暖器具有多麼優秀。可是，外面已經是融雪的季節了，我們也該重新開始活動了吧？」

惠惠彎下上半身，從上方對著化身成「暖桌蝸牛」的我露出溫柔的微笑，就像是在哄任性小孩似地這麼說。

「就是說啊，和真。這個冬天，那個叫『暖桌』什麼的東西，確實幫了很大的忙。但是，已經夠了吧。再像之前那樣，像在地城裡的時候一樣來幫助我吧。來，我們一起……」

達克妮絲也同樣對我露出微笑，同時彎下腰來，伸出手，準備掀開暖桌的蓋被……

這時，我朝著毫無防備的達克妮絲的後頸施展魔法。

「『Freeze』。」

「啊啊——！」

我的「Freeze」偷襲，這讓達克妮絲從後頸往背脊一路結霜，害她發出尖叫。

看來這個季節的冰凍魔法很是有效，達克妮絲摀著後頸蹲了下來，在地毯上不住發抖。

「這、這個男人竟然反擊了！和真，請你收斂一點！就算債務已經全數還清，你也太過怠惰了！乖乖跟我們走！啊，你這隻手想幹嘛，別再抵抗了，乖乖啊啊啊啊啊啊——！」

惠惠將手伸進暖桌，試圖將我拖出去，而我反過來抓住她的手，發動「Drain Touch」。

魔力和生命力遭到吸取，惠惠一邊尖叫，一邊甩開我的手。

為了逃離我身邊，她連忙向後一跳，結果整個人滾了一圈，摔在地毯上。

達克妮絲依然摀著後頸發抖，惠惠大概是摔倒的時候撞到頭了吧，她雙手抱著後腦勺，雙腳一直踢動，差點沒叫出聲來。

「別小看我啊。再怎麼說，我也是數度力抗魔王軍幹部、懸賞對象等大咖敵人的和真大人喔。以為只靠遜砲十字騎士和啥鬼大法師就對付得了我嗎？給我去升個幾等再來說吧。」

我從暖桌裡探出頭來，對她們如此放話。

「……和真先生把那些小把戲用得越來越順手，也變得越來越難搞了……不過，只要和真一直窩在暖桌裡，就不用跟我搶暖爐前的特別座，所以對我而言也是好事。」

阿克婭黏在暖爐前的沙發上，看著倒在地上縮成一團的兩人這麼說。

終於，淚眼汪汪的兩人站了起來，憤恨不平地瞪著我。

妳們用那種眼神看我也沒用喔，現在的我感覺就不會輸給任何人。

這麼冷的時候誰還要去外面……

——糟了。

「喂，大事不妙了。事態緊急，我想上廁所。我知道這樣有點自私，不過咱們暫時休兵吧。不好意思，妳們能不能拉著暖桌底下的暖桌地墊，整組把我搬到廁所前面啊？」

我一面如此拜託兩人，一面對著暖桌裡的熱源灌注魔力。

這張暖桌用的是注入魔力之後就會發熱的礦石。

所以，要是我離開暖桌的話，這段期間內就沒人供應魔力，暖桌裡面的溫度又會變低。

幸好我剛才搶走了惠惠的魔力，這樣就可以繼續在裡面取暖了。

我原本以為她們會生氣，沒想到兩人互看了一下，竟然乖乖照辦了。

惠惠繞到我的前方，拉起暖桌底下的地墊邊緣說：

「達克妮絲，請妳拉另外一邊，我們直接把這個男人連同暖桌一起丟到外面去吧。」

「就這麼辦。阿克婭，我知道妳不想離開暖爐前面，不過還是請妳幫我們一個小忙。只要幫我們打開大門就可以了。」

「住、住手——！妳們還是不是人啊！喂，別……！妳們再不住手，我就要用『Steal』了！我要用『Steal』了喔！」

以對付女生用的技能而言，「Steal」能夠發揮無比的威力。

但是，惠惠面對我的威脅只是嗤之以鼻，然後說：

「我們都已經一起泡過澡了不是嗎，事到如今還有什麼好害羞的？再說了，要是你故意搶走我的內褲的話，這次肯定擺脫不了蘿莉控的惡名喔！」

這、這個傢伙，竟然有此等覺悟！

未免也太瀟灑了吧！也太有男子氣概了吧！

「我、我也被和真看過裸體了，還幫和真洗過背，事到如今，區區的『Steal』……區、區區的『Steal』……嗚嗚……」

達克妮絲不想輸給惠惠，卻表現得一點也不瀟灑，還害臊了起來。

「好了，我們把這個過了一個冬天就完全變成工業廢料的繭居族搬出去扔了吧！」

「快住手啊！有、有話好說！對、對了！等天氣再回暖一點之後，我就讓妳一天能施展兩次爆裂魔法！我會用『Drain Touch』吸取阿克婭的魔力，讓妳一天不只一爆裂，還可以一天兩爆裂！」

我這番話似乎打動了惠惠，讓她抖了一下，但阿克婭出聲抗議：

「我才不要——！我神聖又寶貴的魔力，為什麼得為了那種蠢事而分出去啊！我的魔力可是源自阿克西斯教徒虔誠的信仰心，是我最重視的信徒們給我的寶貴魔力耶！你休想再從我身上吸取魔力！」

「雖然那個傢伙這麼說，但我會確實負起責任搶走她的魔力！」

「嗚嗚……一天兩爆裂……兩爆裂……」

「嗚嗚……『Steal』……『Steal』……不，內褲又不見得一次就會被偷走……」

阿克婭大吵大鬧，惠惠和達克妮絲煩惱不已，就在這一如往常的早晨。

「佐藤先生！你在嗎，佐藤先生！」

突然，有人猛烈地敲起豪宅的大門。

2

突然來到豪宅的，是之前那個誣陷我是罪犯，甚至害我吃上官司的檢察官，瑟娜。

「佐藤先生，大事不好了！奔跑蜥蜴出現在城鎮外……面……」

一臉慌亂的瑟娜衝進來之後，看見整個人窩在暖桌底下，只有頭在外面的我，語調變得越來越低沉。

最後，原本驚慌的表情，也變得像在糾舉我的時候一樣冰冷，並且說：

「……可以請問你在幹什麼嗎？」

「如妳所見，今天很冷，所以我在取暖。啊，麻煩關一下門，好冷。」

聽我這麼說，瑟娜沉沉地嘆了口氣，並關上了門。

「……佐藤先生。你討伐了兩個魔王軍的幹部，甚至摧毀了極為危險的懸賞對象。我對這樣的你給予極高的評價，也很尊敬你，但這樣……」

等等，不過是縮在暖桌裡取暖而已，需要被說成這樣嗎？

「別管這個男人了。比起這些，看妳這麼慌張地跑過來，應該有什麼理由吧？」

「啊，對喔！其實是這樣的，有種名叫奔跑蜥蜴的怪物大量出現在城鎮外面，目前鎮上的冒險者正在負責討伐。雖然奔跑蜥蜴平常並不是多麼危險的怪物……但現在似乎是進入了繁殖期，而奔跑蜥蜴的女王好像誕生了……！」

根據瑟娜所說。

每年到了這個時期，名叫奔跑蜥蜴的怪物就會進入繁殖期的樣子。

這種怪物平常並沒有什麼危險性，是一種雙足步行的草食性蜥蜴，但只要稱作奔跑公主的大型母蜥蜴一出生，奔跑蜥蜴就會立刻變成非常棘手的生物。

在奔跑公主的率領之下，奔跑蜥蜴會逐漸聚集成群，然後為了和奔跑公主配成一對，成群的蜥蜴就會開始比賽。

而牠們的比賽方式相當獨特……

——是跑步。

牠們會以雙足步行的方式，發揮驚人的速度奔跑。

簡直就像是以前流行過的傘蜥蜴似的。

而且，牠們不是和同族並肩奔跑比拚彼此的實力，而是挑戰腳程很快的其他種族生物，並肩奔跑，進而超越對手。

然後，超越最多對手的一隻，才能得以和奔跑公主配對，成為率領蜥蜴群的奔跑王者。

為何是公主？既然要和王者配成對，為何不叫奔跑皇后或奔跑女王？又或者，既然是奔跑蜥蜴，為何要叫奔跑王者而不是奔跑蜥蜴王？之類的地方，要是吐嘈就輸了吧。

聽她說明完這種叫作奔跑蜥蜴什麼的怪物那莫名其妙的生態，我終於開始討厭起這個世界了。然而，對於利用馬匹、騎乘龍、騎乘鳥的人們來說，這可是切身的危機。

平時溫馴的奔跑蜥蜴，要是為了賽跑，無論對手是馬還是龍，都會毫不畏懼地踢下去，踢下去，然後直接逃跑。

奔跑蜥蜴的踢腿非常犀利，要是踢中要害，可不是骨折就能了事的樣子。

於是，接獲奔跑公主出現的報告之後，公會便發出了討伐奔跑蜥蜴群的任務，然而……

「所以，我才來找佐藤先生！」

瑟娜一臉開心地以直率的眼神盯著我這麼說。

……我完全搞不懂這之間有什麼關聯。

「所以說，妳的『所以』是什麼意思啊？公會不是已經貼出討伐任務的公告了嗎？為什麼妳要跑來我這裡？那種任務總會有人去解決啦。」

「你這是在說什麼啊？『保護害怕怪物的鎮民，是冒險者的義務』。之前，魔王軍的幹部住進地城的時候，佐藤先生不是這樣說過了嗎？」

我、我有說過這麼帥氣的話嗎……這麼說來好像是有。

「我說啊，對那個暖桌尼特講那些，只是白費力氣喔！不但還清了債務還小有積蓄，我想，現在的和真大概在把錢花完之前，都不會去工作吧。」

阿克婭在暖爐前盯著火焰這麼說，看都沒看我一眼。

「不過這也沒辦法，畢竟和真在我們之中是等級最低的嘛，會害怕也是理所當然。」

她又接著這麼說……

「……喂，等一下，我什麼時候變成這群人之中等級最低的了？阿克婭妳……好啦，我知道妳打倒了很多不死怪物，所以等級應該滿高的，不過惠惠……」

「二十六。」

惠惠拿出自己的冒險者卡片向我炫耀，一臉跩樣地這麼說。

「……為什麼會那麼高？」

「我解決了毀滅者，也解決了魔王軍幹部巴尼爾。除此之外，碰上嘍囉小怪的時候大部分都是我一口氣炸光的，這樣等級當然會提升啦。」

真的假的？

應該說，既然等級變得那麼高了，她應該也賺到不少技能點數了才對，但反正八成都已經花到提高爆裂魔法威力的技能上面去了吧。

但是，等級應該比我低的人還有一個。

「還有一個等級比我低的達克妮絲不是嗎？打不到敵人的達克妮絲才是最難升等的吧。不管是奔跑蜥蜴還是啥，都不需要我出馬。達克妮絲，妳就跑一趟吧，當作順便練等……」

「呵！」

達克妮絲哼笑了一下。

接著她就自滿地將自己的冒險者卡片地湊到我的鼻頭前。

「之前和魔王軍幹部巴尼爾戰鬥的時候，那傢伙製造出來的魔道人偶幾乎都是我打倒的。一般人難以對付那個東西，所以似乎也帶有不少經驗值，於是……！」

並且得意洋洋地這麼說。

卡片上顯示的等級是二十。

達克妮絲喜孜孜地將卡片湊到我臉上的動作惹惱了我。

「呸！」

「啊啊！」

我一時氣不過，吐了口口水，達克妮絲便放聲慘叫。

沒理會含淚擦拭著卡片的達克妮絲，我爬出暖桌，拿出自己的卡片看了一下。

上面顯示的等級是十三。

……怎麼辦，我不知不覺間變成等級最低的一個了。

而且之前聽阿克婭她們說，像冒險者這種弱小職業，等級好像是比上級職業還容易提升才是啊……

見我看著卡片，瑟娜歪了頭。她以不帶一絲懷疑的誠摯眼神，盯著我的臉看，然後……

「佐藤先生等級是多少呢？能和魔王軍幹部對壘的佐藤先生，等級想必很高才對……」

「唔……喂，妳們幾個，裝備準備好就要去出任務了喔！」

我打斷瑟娜要說的話，有點自暴自棄地如此宣言。

3

「我總覺得和真好像很怕那個女人耶。之前被關進牢裡的時候，她是不是用了很可怕的方式偵訊你啊？」

在和惠惠一起前往鎮上的打鐵舖的途中。

惠惠這麼問著走得有氣無力的我。

「她的偵訊沒有多可怕，我也不是特別怕她啦……只是她好像把我當成正義使者看待。

我是那種可以不工作就不要工作，只想安穩度日的人嘛，所以說真的，很希望她別用那種充滿期待的眼神看我啊。」

自從打倒魔王軍的幹部巴尼爾之後，瑟娜沒事就會向我打招呼。

可是，我並不像御劍他們那樣，具備特殊能力。

就連各項參數也是，除了運氣以外都在一般的冒險者之下。

說穿了，能夠對抗魔王軍的幹部、解決懸賞對象，全都只是碰巧。

我只是這種小咖，就算每次一有麻煩事就來找我，我也不能做什麼啊……

「我也和那個檢察官一樣，給予和真極高的評價就是了呢。即使面對非常強的對手，也會靠著狡詐的陰招贏了就落跑。」

「妳這是在誇我？還是在損我？」

說著說著，我們已經來到此行的目的，打鐵舖。

其實，這個冬天我也不是一直都閒在家裡打滾而已。

答應了巴尼爾的提議，著手開發可以輕易製造出來的商品時，為了進行開發，我學會了新的技能。

我請教這家打鐵舖的老闆，學會了「鍛造」這項技能。

只要學會這個技能，不僅能進行金屬加工，各項手工藝技巧也會變得相當高超。

順道一提，我的商品開發工作在製作出暖桌之後就全部停擺了。

然後，作為請教技能的交換條件，我教了這間打鐵舖老闆鍛造日本刀的技術，不過憑藉的只有從電視上看來的模糊印象就是了。

而且，我的便宜短劍也差不多快要不堪使用了，再加上現在有點小錢，所以我順便拜託老闆，更新我的裝備。

我和老闆約好，要買下他用我教他的技術打出來的第一把刀。

除此之外，一直都只穿著護胸、腕甲、護腿，戰鬥起來也不太安心，所以我也請他幫我打了一整套正式的鎧甲。

我在家裡窩了那麼長一段時間，差不多也該完成了才對——

「午安——！大叔，好了嗎？我的刀差不多該打好了吧？」

「歡迎……怎麼，是你啊。你教我打的那個什麼日本刀，原則上是完成了喔。我姑且試著打出了你說的形狀……」

我走進打鐵舖打了聲招呼，老闆便拿出一把放在刀鞘裡的武器。

那把刀劍就外觀看來，確實是有日本刀的弧度。

我接過了武器，拔出來一看……

「喔喔……原則上還挺像的呢……！雖然沒有正版的那麼漂亮，看起來也沒那麼鋒利，不過還算是可以接受啦。」

「抱、抱歉喔，我還是沒辦法完美重現耶！你說的那些淬火還是什麼的技術，我去查過了，還是完全摸不著頭緒啊。不過，做起來還滿有趣的。接下來，只要在這張施了魔法的符上寫下刀的名字，貼到刀柄上，這樣就完成了。今後那就是你的愛刀，你可要幫它取個夠氣派的名字喔。」

說著，老闆咧嘴一笑，就跑去搬我託他打的鎧甲了。

刀名啊……

看著經過打磨的刀身，我開始回想起經常出現在電玩當中的日本刀的名稱。

「和真和真，名字隨便啦，趕快決定一下才可以早點去討伐。整個冬天都窩在家裡，我已經悶很久了！」

「……妳明明每天都出門去施放爆裂魔法不是嗎？等等啦，武器的名字是很重要的，這種時候就要慢慢思考斟酌……」

如此回答急著催促我的惠惠之後，我開始思索。

村正……正宗……虎徹……

「拿去吧，這是你訂作的全身鎧甲。上頭有很多地方都用了亞達曼礦石，對這個城鎮的冒險者來說，算是相當高級的裝備了，穿的時候可要好好珍惜啊。」

正當我想著武器的名字時，老闆已經將鎧甲搬來了。

閃耀著藍色光芒的全身鎧甲，光看就覺得很有魄力，好像只要穿上就不會受傷。

我興高采烈地穿上鎧甲……！

「如何，尺寸應該剛好吧？」

老闆頗有自信地這麼說。

尺寸確實是剛好。確實是剛好沒錯……

「……可是太重了，我無法動彈。」

「…………這、這樣啊……」

老闆以憐憫的眼神看著我。

看來以我低落的能力參數來說，難得有這種高級貨卻無法裝備。

幸好我算是標準體型，所以老闆沒逼我買下來，允許我退貨。

我原本以為可以攻擊跟防禦兩者都一起大幅提高強度，不過這也是沒辦法的事。

至少更新了武器也好。

「如此一來，就剩下決定刀名了。我得好好想一想才行……菊一文字……小烏丸……」

正當我雙手抱胸，開始煩惱時，站在我身邊的惠惠突然開口：

「啾啾丸。」

「……妳剛才說什麼？」

「我說啾啾丸。這把刀的名字，就叫『啾啾丸』了。」

不知不覺間，惠惠已經將我的刀緊緊抱在懷裡了。

……不不不。

「誰要取那麼奇特的名字啊。這可是我花了大把銀子特別訂製的武器耶，我一定要幫自己的愛刀取個帥氣非凡的名字……」

「啊！」

老闆看著惠惠抱在懷裡的刀，叫了一聲。

我也因此跟著看了過去，發現刀柄上貼著施過魔法的符紙。

寫在符紙上的文字是……

「……小姑娘，妳已經把刀名刻上去了啊……」

「是啊，刻上去了。從今天起，這把刀就叫啾啾丸了。好了，和真，這樣事情就辦完了吧！走吧，我們趕快去出討伐任務！」

「妳妳、妳這個傢伙，看妳幹了什麼好事！啊啊……我的刀……！」

我拿著被刻上奇怪刀名的刀，被惠惠拖著離去。

銘刀
啾啾丸

「——我說妳啊……這把刀花了不少錢耶，妳竟然……萬一我用這把刀打倒了魔王，那展示在博物館裡時，牌子就會寫著傳說中的勇者的聖劍啾啾丸耶。妳這是要怎麼負責啊？」

「難得我代替優柔寡斷的和真取了一個這麼帥氣的名字，有什麼好不滿的啊？比起這個，更重要的是不知道達克妮絲有沒有成功說服了阿克婭啊。」

惠惠這麼說，語氣中隱約透露出了不安。

我們拜託她趁我們去領武器的時候說服阿克婭，不知道現在怎麼樣了……

「不要——！我今天不想去！明天！明天如果比較暖和的話我就去！今天我有種不祥的預感，這是女神的直覺！」

「又在說什麼女神不女神的那種傻話了！好了，妳別一直抓著沙發不放……啊啊，別、別拉我的頭髮！」

——我們回到豪宅時，看見阿克婭和達克妮絲正扭打成一團。

看來說服是失敗了……沒辦法。

「達克妮絲，既然阿克婭那麼不願意，這次就留她下來看家吧。有我們三個就夠了。」

「不愧是和真！你偶爾也會說些中聽的話嘛，真的很偶爾就是了！達克妮絲，和真先生都那麼說了，妳趕快放手啦！」

聽我替她幫腔，阿克婭開始拍打著達克妮絲抓住她的手。

「別管她了啦，比起這個，今天是我們久違出任務的日子。賺到報酬之後，偶爾就在外面吃點好料的吧。乾脆吃火鍋，來個火鍋宴會好了。」

我隨口說出的這番話，引起了宴會之神的注意。

另外兩個人察覺到我的意圖，互看了一眼。

「說的也是。今天是過了冬之後，我們重新開始冒險的第一天。為了養精蓄銳，迎接往後的任務，今天晚上就奢侈一點吧。」

「也對，今天是該好好享受一下。我知道一間貴族常去的店，就先在那裡訂位好了。」

然後立刻就這麼回應了。

原本抓著阿克婭的後領的達克妮絲一鬆開手，重獲自由的阿克婭顯得有點不安。

「……你、你們買材料回來，在家裡辦火鍋派對就好了啊。這樣吧，你們冒險回來一定很累，就由我為你們先準備好所有火鍋材料。所以啊，我覺得在家裡辦宴會就好了。」

依然抓著沙發椅背的她，抬頭看著我們這麼說。

而我們對這樣的阿克婭說：

「「「看家就交給妳了。」」」

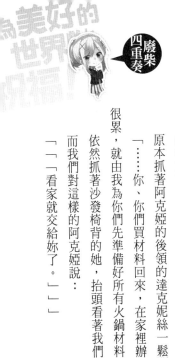

「哇啊啊啊啊，是我不好，不要丟下我啦——！」

4

城鎮外廣大的平原，依然四處可見殘雪。

「很好，這個位置不錯。那就開始吧！」

我爬上零星分散在平原的其中一棵樹，發動狙擊技能，進入長距離狙擊態勢，向大家下達準備作戰的指示。

「沒問題，我隨時都可以開始！既然事已至今，弱小的和真可要趕緊提升等級，變得越來越強，盡早為了我打倒魔王才行。」

阿克婭在我爬上來的這棵樹下，雙手抱胸，直挺挺站著，抬起下巴看著我的攻擊對象。

這麼說來，我們好像有個目標叫打倒魔王來著……

「嗯，阿克婭也對我施展了支援魔法，這樣無論來幾隻我都擋得住！」

達克妮絲將大劍插進地面，雙手放在劍柄上，大大方方地站在那邊，看起來可靠極了。

「沒射中的就交給我吧。等牠們靠過來之後，我再一舉炸飛牠們。」

惠惠舉著法杖，氣定神閒的自負地笑著。

——除了我以外等級都在二十以上，而且裝備也已經相當充實的我們，現在已經可以說是能獨當一面的中階冒險者了吧。

「好，那我們開始吧！依照計畫進行！首先，由我狙擊奔跑王者和奔跑公主！聽說只要少了那兩隻，蜥蜴群就會自動解散，所以剩下的嘍囉可以不用管。要是狙擊失敗，蜥蜴群攻向我們這邊的話，就趁達克妮絲抵擋牠們的時候由我再次狙擊奔跑王者和公主。要是再失敗的話，就趁牠們包圍我們之前，由惠惠以爆裂魔法一網打盡，沒能解決的漏網之魚再由我從樹上射殺。阿克婭就負責整體的支援工作……上吧！」

總是走一步算一步的我們，難得擬定了作戰計畫，就連失敗的狀況都設想好了。

我們也不能一天到晚當新手啊。

透過千里眼技能，我從樹上掌握到遠方奔跑蜥蜴群的行蹤。

奔跑蜥蜴的外型，就和瑟娜告訴我們的一樣。

看起來像是將傘蜥蜴塗成綠色再放大的雙足步行爬蟲類。

奔跑蜥蜴群當中，有一隻比其他蜥蜴還要大上兩號的傢伙。

那隻大蜥蜴頭上長了雞冠狀的角，其他奔跑蜥蜴則都隨伺在側。

「喂，阿克婭，有隻奔跑蜥蜴頭上長了像是雞冠的角，那應該就是公主了，但王者是哪一隻啊？」

「我怎麼會知道王者是哪一隻啊。既然叫奔跑王者，應該就是看起來最偉大的吧？」

是要怎麼分辨哪隻蜥蜴看起來最偉大啦？我原本想這麼說，但這應該要怪我笨到去問阿克婭才對。

奔跑公主很有特色很好認，但是在賽跑當中獲勝的蜥蜴是要怎麼分辨啦……

這時，我發現有隻蜥蜴一直跟在奔跑公主身邊，未曾離開。

對喔，獲勝的蜥蜴會和公主配成對是吧。

既然如此，和公主最親密的那個傢伙，就是奔跑王者了吧。

我鎖定了那隻蜥蜴，使勁拉緊弓弦…………！

「對了，包在我身上吧，和真。我有個好點子！既然是在賽跑當中勝出的會當上王者，就表示王者是跑得最快的一隻！相對於不讓敵人靠近的魔法，神聖魔法當中還有一招是吸引怪物的魔法！用這招呼喚奔跑蜥蜴過來，第一隻抵達這裡的，就是王者了！」

我是為了從遠方安全地狙擊王者，才想找出哪一隻是王者好嗎。

但阿克婭卻說什麼要把敵人引過來這裡以便辨別王者，這種根本本末倒置的主意。

「喂，妳在說什麼啊？就這麼喜歡火上加油嗎？這是女神的習性還是怎樣？我已經知道王者是哪一隻了，算我拜託妳，千萬別幫倒忙……」

「『Force Fire』！」

我還來不及說完，阿克婭已經施展了魔法。

阿克婭手上冒出藍白色的火焰。看著那股火光，就連不是怪物的我，都冒出一種想揍阿克婭的衝動。

有一部分也是因為她又給我多事，但會有這股衝動，主要還是因為魔法的力量而起。

遠方的奔跑蜥蜴似乎也看見了那道火光，紛紛發出尖細的怪叫，朝著阿克婭衝了過來。

「「「好快！」」」

我、達克妮絲跟惠惠見識到蜥蜴們跑過來的速度，都為之驚愕。

惠惠連忙開始詠唱爆裂魔法，但以這個速度來看，在魔法完成之前，蜥蜴群就會攻陷這裡了吧。

達克妮絲站到惠惠身前，我則是一邊張弓一邊怒罵阿克婭。

「妳這個該死的笨蛋，每次都得要搞砸事情才甘心嗎！根本就沒有人叫妳耍寶，給我收斂一下妳那搞笑藝人的個性吧！只要偷偷幹掉王者和公主，就可以讓牠們失去戰力了，為何還要故意叫牠們過來啊！」

「你、你幹嘛突然發飆啊！我之所以這麼做也只是想幫忙啊，幹嘛那麼生氣！好啦，我知道啦！反正接下來的發展一定是和平常一樣對吧？我肯定會被那些蜥蜴害得慘兮兮，害到哭出來吧！我知道啦，就和平常一樣嘛，來啊，要殺就殺吧——！」

挨我罵之後，阿克婭自暴自棄地這麼大喊，並在地上躺成大字型，鬧起脾氣來。

「至少負責支援和恢復吧，妳這個白痴！別躺在那種地方，小心真的被踩死！」

我一面大喊，一面拉緊弓弦，鎖定以驚人的速度朝這邊衝過來的奔跑王者，發動狙擊技能射出箭。

箭朝我認為是奔跑王者的那隻跑在最前方的奔跑蜥蜴飛去，不偏不倚地穿進牠的眉心。

狙擊技能的命中率與幸運值的高低息息相關。

即使是不常使用弓箭的我，只要用了技能，加上我天生的好運，命中率也都還算不錯。

我原本以為幹掉王者之後，其他蜥蜴就會退縮，但不知為何，牠們卻變得更加亢奮。

「喂，阿克婭，妳要躺在地上鬧彆扭到什麼時候！我打倒了那隻疑似王者的蜥蜴，可是蜥蜴們反而變得更凶暴了耶！」

阿克婭維持著躺成大字的姿勢，撇過頭去說：

「先打倒王者的話，其他蜥蜴就有機會成為新的奔跑王者，當然會更加振奮啊。要殺就應該從奔跑公主先殺才對。」

「這種重要的事情妳不會先說嗎——！惠、惠惠！惠惠——！妳準備好施展魔法了嗎？我准許妳使用爆裂魔法！距離還很夠，一口氣消滅牠們吧！」

「包在我身上！哇哈哈哈哈，嘗嘗吾的爆裂魔法吧！『Explosion』────────！」

但是，眼前卻毫無動靜。

「嗯？啊啊啊！魔力不夠！和真，我的魔力不足以發動爆裂魔法！」

「啥？為什麼偏偏在這種時候來這招……啊啊！」

是我今天早上用「Drain Touch」吸了惠惠的魔力害的嗎！

「怎怎怎、怎麼辦啊和真！公主來了！奔跑公主以驚人的氣勢衝了過來……！」

仔細一看，或許是因為奔跑王者遭到殺害，因痛失伴侶而感到憤怒吧，那隻長了頭冠的大蜥蜴──奔跑公主，帶著一群跟班朝我們節節逼近。

我在樹上，阿克婭躺在同一棵樹下，惠惠也在她身旁。

而達克妮絲為了保護她們迎上前去……！

「呵哈哈哈哈！儘管來吧───！」

就在她異常亢奮，欣喜若狂地大喊之際──

成群的奔跑蜥蜴已經衝向擋在惠惠身前的達克妮絲了！

「哇啊啊啊啊啊！和、和真先生──！和真先生──！」

被奔跑蜥蜴亂踩一通的阿克婭毫不意外地放聲慘叫，但我沒空理她。

奔跑公主目不斜視地只瞪著我一個人，似乎是視我為敵的樣子。

瞧牠以那麼驚人的速度助跑，八成是想順勢對樹上的我來記飛踢吧。糟糕，好可怕！

「達、達克妮絲，妳再多撐著點！我馬上解決掉這個傢伙！」

「你你、你別顧慮我！啊啊啊啊啊，慢、慢慢來就可以了啊咕嗚！」

聽著在樹下被奔跑蜥蜴狂踢的達克妮絲這麼說的同時，我拉緊了弓弦，瞄準奔跑公主的肉冠下方，鎖定眉心的位置……！

「咕嘰——————！」

「狙擊！」

奔跑公主發出怪鳥般的叫聲，對我使出一記飛踢，而我射出一箭，以反擊的要領命中了牠的眉心！

距離這麼近，即使沒有狙擊技能也不可能射偏。

離弦的箭不偏不倚地貫穿了眉心，奔跑公主的踢腿頓時失去力量，無法命中我。

「真是千鈞一髮……！」

正當我對著讓我嚇出一身冷汗的強敵如此低語時，忽然感覺到一陣搖晃。

是奔跑公主的身體隨著慣性運動順勢撞上了樹幹。

剛射完箭，正處於毫無防備的狀態耍著帥的我，承受了猛烈的撞擊震盪，失去平衡，就這樣從樹上摔了下去。

底下的奔跑蜥蜴群看著摔下來的我……！

——全都輕身閃開。

我直接以頭部著地，聽見了一道沉悶的筋骨錯位聲。

「和、和真！你沒事吧？阿克婭！和真以奇怪的姿勢摔下來了！快用恢復魔法……」

趴在地上的我聽見惠惠十分焦急地這麼說，意識就此——

5

「…………」

「…………」

我以茫然呆立的狀態，和艾莉絲女神彼此注視著。

這裡是我之前死在冬將軍刀下的時候，也曾來過的那個看似神殿的房間。

就像上次一樣，當我回過神來時，已經突然佇立在這裡了。

眼前是熟悉的白銀長髮與藍色眼眸。

艾莉絲還是一樣，美得不可方物。

那位貨真價實的女神帶著一臉非常困擾的表情，伸出手指抓了抓臉頰說：

「不好意思……可以請您活得更謹慎一點嗎？之前扭轉規定讓您復活時，已經讓我非常辛苦了……反正，這次前輩大概也會強人所難，硬是讓您復活，但每次辛苦的都是我……」

「非常抱歉，這次我真的無從辯駁，非常抱歉！」

射殺奔跑公主之後，正在洋洋得意時，就從樹上掉下去摔死。

再怎麼想，就連我自己也覺得這種死因實在很蠢。

艾莉絲沉沉地嘆了口氣，然後說：

「既然您從事的是冒險者這份工作，危險自然是常伴左右，這點我明白。雖然明白……但是再怎麼說，這次您都太大意了吧……」

我不斷向艾莉絲鞠躬道歉。

艾莉絲的疑慮大概不會錯，不久之後阿克婭就會讓我復活了吧。

這就表示我又要勞煩她了。

「請問……我死了之後，大家怎麼了？都沒事吧？」

「是的，大家都沒事。躺在那種地方的前輩被蜥蜴們又踢又踩的，後來就開始哭著叫救命了……不過在達克妮絲抵擋攻勢的期間，失去奔跑公主的蜥蜴群也解散了。惠惠有達克妮絲保護，所以也沒事。現在，前輩正在修復您的身體。」

太好了，至少討伐任務是成功的。

既然如此，我就在這裡等一下吧。

都死了還說這種話好像很奇怪，不過或許是因為撞到頭之後立刻就失去了意識，又或者是因為死了這麼多次也習慣了吧。

明明已經死了，我卻莫名地平靜，泰然自若。

我開始東張西望，觀察四周，像是在看什麼稀奇的東西一樣。

「……明明已經死了，您這次卻相當冷靜呢。來到這裡的人，多半都是驚慌失措……」

「還好啦，我在日本死過一次，在這個世界死過兩次，加起來都已經死過三次了。」

我如此回答艾莉絲，同時再次環顧四周。

……這個房間真的什麼都沒有呢。

艾莉絲默默看著東張西望的我。

而我也沒事可做，獨處的兩人便開始大眼瞪小眼。

…………怎麼辦，超尷尬的。

阿克婭那傢伙到底在幹嘛，動作也太慢了吧。

話說回來……

「妳一直待在這個空無一物的房間裡，不會覺得無聊嗎？我是不知道這個世界的人口有多少，不過應該不至於沒事就會有人被送到這裡來吧。」

對於我的疑問，艾莉絲露出燦爛的微笑回答：

「是啊。因為我負責的只有引導因怪物而不幸喪命的人而已……平常還算有點忙，不過冬天的時候冒險者也都不太外出，所以值得慶幸的是，我還滿清閒的。我會感到無聊，那就表示大家都活得很好，所以我越清閒越好。」

說著，艾莉絲女神嫣然一笑。

糟糕。這是怎樣，不妙了。我開始覺得胸悶，臉也開始發燙了。

……對喔，我就覺得自己的異世界生活少了點什麼東西。

明明就和同伴們住在一個屋簷下生活，卻一點酸酸甜甜的發展都沒有。

單論外貌，大家都長得不差。外貌是不差沒錯，但……

每天都在暖爐前午睡，只會吃飽睡、睡飽吃的自稱女神。

儘管不久之前已經過了十四歲生日，看起來卻還是會害人觸犯某些條例，個性強勢不輸男生的爆裂狂蘿莉。

身材和臉蛋都很棒，但癖好和家世卻都讓人不敢恭維的啥米千金大小姐。

我想要的不是這些類型的怪胎。

而是溫柔又有常識的女生。

——沒錯，第一女主角就在這裡。

正當我紅著臉，有點不知該如何是好的時候……

「其實啊，我也不是一直都乖乖待在這裡。有時候我也會請別人幫我代班一下，自己偷偷溜到人間去玩……這件事，你要幫我保密喔！」

說著，艾莉絲女神像之前一樣閉起一隻眼睛，調皮地對我笑了笑。

喔、喔喔……

正當我紅著臉，不住點頭時——

『和真——！你聽得見嗎，和真——？我已經對你施展了復活魔法，你可以回來這邊了喔。快叫艾莉絲幫你開門——』

就傳來了那個無論何時總是很不識相的傢伙的聲音。

妳就不能多花點時間嗎……

想法跟剛才完全相反的我，差點就要嘖了一聲。

「再等一下也沒關係喔——我還想多跟艾莉絲女神聊聊。在我回去之前，要好好保管我的身體喔——」

我對著空無一物的空間如此放聲大喊。

艾莉絲女神輕輕「咦？」了一聲，然後害羞地低下頭，似乎覺得不太好意思。

也不知道我的聲音有沒有傳到阿克婭那邊，房內暫時陷入一片寂靜。

『啥——？你在說什麼啊！別說那種傻話了，快點回到這邊來！趕快回來，趕快練等，這樣才可以痛宰魔王讓我回天界啊！』

聽阿克婭這麼說，我才回想起現實。

——打倒魔王。

沒錯，我要打倒魔王。等級還很低，毫無特殊能力的我，要打倒魔王。

而且還有一大限制，那就是我身邊帶著的同伴，都是毛病一堆的問題兒童。

即使就這樣復活，我還是得繼續和她們一起一直吃苦，更得背負打倒魔王這個大難題。

我非常清楚現實是怎麼回事。

就算繼續努力下去，也不可能突然有神奇的力量在我身上覺醒，碰巧讓我順利地打倒魔王。

這個世界並沒有這麼好混。

今後，我大概還得死個好幾次吧。

吃了那麼多苦頭，又是能換得什麼？

……我沒有立刻回應阿克婭，開始思考。

思考目前為止的人生，以及未來可能面對的辛勞，就這樣想了好一陣子——

我最後決定投胎轉世，選擇新的人生。

「喂，阿克婭——！我已經厭倦這段人生，不想回去那邊了！我決定投胎轉世，當個嬰兒，開始新的人生！幫我問候大家一下——！」

「咦咦！」

艾莉絲聽了，也跟著驚叫出聲。

不久之後……

『你又在說什麼傻話啊！給、給我等一下！』

聽著阿克婭慌張的聲音，我轉身面對艾莉絲。

「就是這麼回事，那就麻煩妳了，艾莉絲女神。我沒有太多任性的要求，不過如果可以的話，在新的人生裡我還是想當男生。還有，我希望可以出生在一個有非血親美女姊姊，和非血親可愛妹妹的家庭。」

「等等，那個……請等一下！先、先等一下喔！」

聽我這麼說，艾莉絲驚慌失措了起來。

不久之後，阿克婭的聲音再次響起：

『和真——！達克妮絲說，你再不快點回來的話，她要在你的臉上塗鴉！而且手已經拿著筆，蠢蠢欲動了。』

……我、我才不會因為這點小事而動搖。

反正都已經死了，隨便妳們愛對我的身體怎樣……

『……？惠惠，妳在幹嘛？妳想把和真的衣服怎樣……等等，咦，惠惠？不、不要這樣啊，惠惠！』

「住、住手，她把我的身體怎麼了？竟敢對遺體不敬，妳們小心遭天譴啊！」

我的身體到底被她們怎麼了啊？

正當我不安地這麼想的時候，阿克婭又大喊：

『惠惠！惠惠！喂，和真先生——！快點來啦——！快回來啊——！』

「喂，快阻止她！阿克婭，阻止惠惠啊！阻止……！艾、艾莉絲女神，拜託妳！快開門吧！拜託妳了！」

艾莉絲輕輕對慌張的我笑了笑，同時彈了一下手指。

在彈指聲響起的同時，一扇白色的門出現在我眼前。

我連忙站到門的前面去……

「那麼，和真先生。我會默默為您祈禱，希望您別再到這裡來了。路上小心！」

聽著艾莉絲為我送行的聲音從背後傳來，我直接打開了門……！

6

我一睜開眼睛，就看見惠惠的臉孔。她漲紅著臉，看起來相當生氣。

惠惠跨坐在橫躺著的我的身上，手放在我的胸口，整理著我凌亂的衣服。

「……喂，妳在幹嘛？我原本以為除了爆裂狂的部分和名字以外，妳應該是三個人當中唯一比較有常識的傢伙呢。妳到底是對我做了什麼？」

我問她對我的身體做了什麼，但惠惠沒有回答就站了起來，然後說：

「喂，你對我的名字有意見就說啊，我洗耳恭聽……誰教你要開那種白痴玩笑，說什麼不想回來。下次你再耍那種白痴的任性，我就對你做更過分的事情。」

竟然說我在開白痴玩笑，我有一半以上是認真的好嗎？但要是這麼說的話，她應該會非常生氣吧。

我到處確認自己的身體有沒有異狀，同時站了起來。

「吶……說真的，她到底對我做了什麼？視情況而定，我明天開始可能連看見惠惠的臉都會覺得害羞啊。」

我看向達克妮絲，卻只見她蹲在一旁，雙手掩面，甚至連耳根子都發紅了。

接著，我看著蹲在原地等我起身的阿克婭，以眼神示意，但是……

「……你想要我這個女神從神聖的嘴裡說出什麼話來？自己叫她本人告訴你。」

說完，她就撇過頭去。

「吶、吶，惠惠，告訴我吧。要不然，我從明天開始會非常在意妳耶……」

「洗澡的時候你就會知道了……先別說這個，你的脖子還好嗎？有沒有哪裡不舒服？」

我摸了摸自己的脖子，並沒有什麼不適的感覺。

這麼說來，我是從樹上掉下來摔死的是吧。

「和真的脖子真是變得有夠誇張的喔，一開始我還以為你是在模仿大法師呢。因為傷勢還滿嚴重的，接下來兩個星期不可以戰鬥喔。」

聽阿克婭這麼說，我背脊一陣發涼。

大法師是那個吧，脖子轉了一百八十度的那部恐怖電影吧。

所以我的脖子是變成那樣了嗎？

見我一臉蒼白，按著脖子發抖，惠惠拍了拍我的肩膀說：

「今天就早點回家休息吧。你看，那群奔跑蜥蜴已經解散了，這都是和真的功勞喔。辛苦你了。討伐的報告就由我負責，和真先回去好好休息吧。」

惠惠以前所未見的溫柔語氣這麼說。

她大概是擔心我因為又死了一次而大受打擊吧。

我決定坦率地接受惠惠的好意，帶著仍然紅著臉不敢看向我的達克妮絲，還有身上到處都是奔跑蜥蜴腳印的阿克婭，先一步回到豪宅去。

——回到鎮上之後，惠惠便前往冒險者公會。

然後，在我們返回豪宅的路上——

「這麼說來，和真，你剛才為什麼要說出那種傻話啊？你明明就在這麼多美女的陪伴之下，過著如此光鮮亮麗的生活，到底是有什麼不滿，才會說出不想回來的那種話呢？」

聽阿克婭這麼說，達克妮絲也忍不住點頭。

看著這樣的兩個人……

「……哼！」

「「啊！」」

我不禁嗤之以鼻，害得兩人驚叫出聲。

說著說著，我們已經回到豪宅前。在我準備推開豪宅大門時，阿克婭仍咄咄逼人地說：

「吶，你最近對我們的態度越來越差勁了吧？我今天為了讓和真復活可是卯足了勁耶，雖然你本人是不想復活啦！吶，不要把我當成沒有人要的小孩好嗎！多崇拜我一點嘛！你去水與溫泉之都，阿爾坎雷堤亞看看，那裡多的是祭拜我用的雕像和周邊商品喔！」

總覺得拿自己崇拜的神來做周邊商品聽起來好像不太對勁的我，頭也不回地對在身後鬼吼鬼叫的阿克婭說：

「少笨了，我才沒有把妳當成沒人要的小孩呢。要是沒有妳，誰要來掃廁所啊？對於自稱水之女神的妳而言，掃那種地方是最適合不過的吧。」

「你看你就是這樣！我是水之女神，可不是廁所女神喔！我要說的是，你這樣對待我也太過分了！多珍惜我一點好嗎！」

阿克婭淚眼汪汪地說了這種麻煩的話，於是我隨口敷衍了她一下，走進屋內，就直接在玄關卸下護胸等防具。

轉頭一看，達克妮絲也正在卸下被奔跑蜥蜴踢得到處受損的鎧甲。

在卸下鎧甲的同時，達克妮絲不時偷瞄著我的下腹部。

嗯……？

我覺得奇怪便看了過去，達克妮絲卻不知為何紅著臉別開了視線。

雖然有點介意到底是怎麼回事，但我才剛復活，身體疲憊不堪。

還是先去洗澡，早點休息吧。

我來到浴室，對魔力式的熱水器伸出手，用魔力放好熱水之後，到更衣室脫個精光……

然後就此直接衝了出去。

「惠惠在哪裡！她還沒回來嗎！那個小蘿莉，不要以為還是小孩我就會對她客氣！看我用『Steal』把她扒光，然後以牙還牙！」

「惠惠啊，她說到公會辦完事情之後，會到朋友下榻的旅店住個幾天啊啊啊啊——！」

看見全裸的我，原本癱在沙發上看著雜誌的達克妮絲，連忙把臉埋進雜誌裡頭。

這個傢伙的羞恥基準到底在哪裡依然不明，不過我現在沒空理會這樣的達克妮絲。

看著咬牙切齒，眼睛還充滿血絲的我，阿克婭說：

「…………吶，和真。對自己有自信固然是件好事，但也不用這樣公諸於世吧。」

「妳、妳白痴啊！惠惠在我身上寫這個的時候妳也在場吧！混、混帳——！」

我接著逃回浴室。

然後哭喪著臉，將寫在我下腹部上的「聖劍王者之劍↓」塗鴉給洗刷乾淨。

第二章

對妄自尊大的廢柴祭出邀請！

1

一臉莫名老實的惠惠，在大廳對著坐在沙發上的我如此懇求：

「前幾天的事情是我不好……所以，請你變回原本的和真吧。」

跪坐在地毯上的惠惠，對著披著毛茸茸的皮草睡袍，閒適地坐在沙發上的我低下頭。

外宿了好一段時間的惠惠，自從回到豪宅之後，就一直是這個狀態。

前幾天的事情……？

喔喔，她是說在我的那裡塗鴉的事吧。

「事到如今，我已經不在意那種小事了。俗話說，富不與人爭嘛。先別說這些了，惠惠要不要也來喝杯茶啊？其實我拿到一些很不錯的茶葉喔。」

一邊這麼說著，我對惠惠笑了笑。

或許是我的寬宏大量感動了她吧，惠惠露出一臉快要哭出來的表情。

「真的非常抱歉！都是我不好，算我求你了，請變回原本的和真吧！現在的和真噁心死了！求求你！求你變回原樣吧！」

「妳從剛才就一直在說些奇怪的話耶。什麼原樣不原樣的，我一直都是這樣啊。」

對著爐火取暖的我露出苦笑。這時，有人以優雅的動作將茶杯遞到我的面前。

「最高級的紅茶泡好囉，和真先生。」

一邊這麼說著，遞了紅茶給我的阿克婭，也端著自己的杯子，在我身旁坐了下來。

我啜飲了一口剛泡好的紅茶……

「……這是熱開水的說。」

「哎呀哎呀，我真是太不小心了。對不起喔，和真先生。」

「沒關係，反正再泡一杯就好了。謝謝妳，阿克婭，這杯我就這樣喝了。」

「你們這是怎麼了！在我離家出走的這幾天，到底是發生了什麼事？算我求你們，兩個人都趕快恢復正常吧！」

我一邊安撫著吵鬧的惠惠，要她冷靜下來，一邊就請阿克婭再去泡杯新的紅茶。

大概是阿克婭在泡紅茶的時候，手不小心碰到茶水，才會變成熱開水吧。

但是現在的我，心境有如佛陀一般平靜，並不會因為這種小事而生氣。

……這時，達克妮絲朝著完全陷入混亂的惠惠招了招手，示意要她過去。

惠惠帶著一臉疲憊地走了過去，達克妮絲便開始告訴她在這幾天發生的事情——

2

——惠惠落跑之後的隔天早上。

「那個該死的小蘿莉——————！等她回來之後我一定要扒光她！絕不妥協！沒得商量！而且還要搞到不輕易認輸的她也哭著求饒！」

正當我瘋狂發飆時，臉頰微微泛紅的達克妮絲說：

「要是和真做出那種事情，又會被抓進警局喔。先、先不說這個了，你是打算怎麼搞到連惠惠也哭著求饒？說清楚一點……」

在大廳。

我窩在暖桌裡大喊，抱腿坐在我身旁的達克妮絲則是興致勃勃地這麼問我。

而坐在暖爐前的阿克婭對我們說：

「大清早的吵死人了。真是的，你們幹嘛一天到晚都在吵架啊？就不能多學一下我的沉穩嗎。昨天回家之後，除了洗澡以外，我就一直待在這裡，動也沒動呢。」

「我才不想被成天都在那邊吃飽睡的廢人說呢！可惡啊啊啊啊！乾掉的黏著劑可是花了我好一番工夫耶！我絕對不原諒那傢伙！我現在就能想像得到她哭著求饒的模樣啦！」

「那個，說清楚一點啦，你要怎麼搞到她哭著求饒……」

就在這個時候，有人敲了大門。

「是惠惠嗎！竟然還有膽回來啊！」

「說清楚……那、那個……」

爬出暖桌之後，我來到大門前……！

「呼哈哈哈哈哈！汝還以為是那個腦袋有問題的紅魔族女孩嗎？真是太遺憾了，是吾啊！說到被硬塞破銅爛鐵，那個廢物老闆可是具備天才般的能力，眼光實在太不可靠了，所以就由眾所周知，具備一流眼光的千里眼惡魔，也就是吾來跟你談生意。勸汝還是快為吾的出現而心悅誠服，說聲『感謝您的蒞臨』為上。好了，就請汝拿出打算賣給本店的商品吧！……嗯？」

出現在門口的，卻是戴著奇怪面具的惡魔。

阿克婭見狀，便離開暖爐前的沙發，緩緩站起——

「吶，我說啊。你是怎麼進到這個豪宅來的？我在豪宅外頭張設了洋溢著神光的神聖結界，像你這種害蟲應該是進不來才對耶。」

「喔喔，汝是指籠罩著這棟豪宅的那個不成氣候的東西嗎？什麼，原來那是結界啊。因為實在太過孱弱，吾還以為那是哪個菜鳥祭司張設的失敗作呢。真是不好意思啊，超強的吾只是經過了一下，好像就弄壞了耶。」

離開沙發的阿克婭堵到巴尼爾眼前說：

「哎呀哎呀，瞧你說得那麼囂張，可是身體卻到處都在潰散呢，超強的惡魔先生。這下可怎麼辦才好呢，我聽說你應該是地獄的公爵才對，完全沒想到光是那種程度的結界，就會害你變成這樣啊。」

帶著一臉燦笑，阿克婭興致勃勃地在巴尼爾四處可見潰散跡象的身體戳來戳去。

「呼哈哈哈哈！反正這個身體也只是普通的土塊而已！吾隨時都可以製造出替代品啊。只是看見那個籠罩在豪宅外的輕薄結界，突然就產生了興趣，想測試一下有多強罷了。以菜鳥冒險者的城鎮中的祭司所張設的結界而言，算是不錯了吧。嗯，以一個人類，而且還是菜鳥祭司所張設的結界而言啦！呼哈哈哈哈哈哈哈！」

見巴尼爾開心地笑著，阿克婭皺起眉頭，擠出八字眉，像個小混混一樣把臉湊近了上去，死命瞪著巴尼爾。

而巴尼爾也配合阿克婭的視線，調整了自己的視線高度，正面和她互瞪。

「喂，好像不太妙啊。達克妮絲，快幫我阻止他們兩個……！……妳在那裡做什麼？幹嘛轉過頭去啊？」

「……沒幹嘛。」

她剛才好像一直在問我某件事情，該不會是因為我沒搭理她，就鬧起彆扭來了吧。

達克妮絲一個人背對著我們鑽進暖桌，絲毫不理會這邊的紛爭。

「喂，你們兩個。我知道你們會吵起來很正常，這或許是無可奈何的事情，但也別在豪宅裡吵嘛。你們冷靜一點啦。」

我不得已地介入他們之間勸架，兩人才總算各退了一步。

「吶，和真。雖然我不太清楚詳細情形，不過你之所以做出暖桌之類的物品，該不會是為了要和這個東西談生意吧？吶，你想和這種害蟲談生意嗎？滿腦子只想著要掠奪人類的靈魂，做些人類討厭的事情，吸食人類的負面情感才能夠勉強維持其存在……你想和這種人類的寄生蟲簽訂契約嗎？真是的，這個玩笑一點都不好笑喔！噗哧哧！」

「呼哈哈哈哈，惡魔對契約非常講究，汝可以放心相信吾輩。哪像那些號稱成為信徒就可以得到幸福，只會找上純真的人，抓住人家的弱點，靠可疑的甜言蜜語聚集群眾，以捐獻之名行斂財之實的詐騙集團。那招牌台詞是怎麼說的來著……對了對了，什麼『神無時無刻都看顧著你』是吧。喔喔，真是太神奇了！吾記得最近曾經見過符合這一點的神呢！前幾天因為偷窺而遭到逮捕的，那個總是以溫和的眼神看顧著浴室及廁所的男人，就是神啊！呼哈哈哈哈哈哈哈！」

雙方就這樣不帶情感地笑了好一陣子……

「「…………」」

最後突然陷入沉默。

「『Sacred Exorcism』！」

「華麗的脫皮！」

阿克婭突然吶喊，巴尼爾腳下便隨之冒出一道光柱。

但是，巴尼爾及時將自己的面具丟了出去。

留在原地的身體遭到光柱吞噬而消失，但他的面具本體則是躲過了驅魔魔法。

掉到地板的面具，明明是落在地毯上，卻還是憑空扭動地長出肢體來。

阿克婭沒有理會正在重生的身體，而是撲向他的面具本體，並嘗試著要將面具從身體上扯下來。

「啊哈哈哈哈，就是這個吧！這就是你的本體對吧！我抓住了！我抓住你了！好了，這下該怎麼辦呢！我該如何處理這個東西好呢！」

「呼哈哈哈，即使汝破壞了這個面具，遲早也會有第二、第三個吾……！混、混帳，吾還在說話，不准拉扯面具，身體會垮掉！至少也要等吾將台詞說完……」

「喂，冷靜一點，你們也差不多該冷靜下來了吧。」

阿克婭與高采烈地打算扯下面具，巴尼爾就拚命抵抗避免自己的面具被扯掉，而我則再次介入他們兩個人之間。

——盤腿坐在地毯上的巴尼爾，鑑定著我製作出來的各種道具。

「嗯，看來吾對小鬼的評價似乎沒錯。這些東西會大賣，毫無疑問會大賣。這個叫什麼暖桌的東西，也是個相當巧妙的取暖器具。」

「…………」

對暖桌相當有興趣的巴尼爾掀開了蓋被，但把腳伸進暖桌裡的達克妮絲則拍開他的手。

達克妮絲從剛才開始就不知道在鬧什麼彆扭，只希望她別妨礙我們談生意。

「嗯，那麼就來談正事吧。吾輩原本談的條件是每個月支付販售商品的一成利潤給汝，不過……這樣如何，小鬼，汝想不想將這些商品的智慧財產權賣給吾啊？這些商品全數算在內，吾想出三億艾莉絲買下。」

「「「三億！」」」

正當我們同時驚呼的同時，巴尼爾仔細端詳起我製作出來的橡膠物體。

三億……！有三億的話，只要別過得太奢侈，就足夠可以活一輩子都不用工作了吧！

嚇傻了的我們還沒回過神來，巴尼爾已經繼續說了下去：

「如果要維持每個月支付利潤，吾也無所謂喔。既然是如此優良的商品，只要建立起生產線，汝每個月應該可以有超過一百萬艾莉絲的收入才對。汝不需要現在決定，等到開始實際販售商品時再詳談也無妨……話說回來，這個到底是用來做什麼的東西啊？」

每個月拿一百萬，或是一次拿三億啊。

糟糕，怎麼辦，我的人生突然進入簡易模式了！

這些東西又不見得可以賣一輩子，還是先拿三億比較好吧？

不，看著存款一點一點變少也很煩，還是每個月拿一定的金額比較好吧？

對了，要賣東西的是這個惡魔。

這個傢伙戴著這種面具在鎮上晃來晃去的，都不會被抓起來嗎？

「那個叫作氣球，吹氣進去就會變大，是一種玩具。拿來啦。」

阿克婭從巴尼爾手上接過橡膠，吹了起來。

「這樣啊，我也來玩一個。」

就連達克妮絲也產生了興趣，拿起那個橡膠製的東西放到嘴邊。

……事到如今，我也不好意思說那其實是因為要做得輕薄又不易破實在太困難，最後只好放棄的避孕用具。

「對、對了，你這個樣子在鎮上晃來晃去的，都不會有人攔住你問話嗎？或是大罵『你這個魔王軍的幹部！』然後攻擊你之類？」

「汝在說什麼傻話？吾的面具和之前不同啊，汝沒看見額頭上這閃亮亮的II字樣嗎？」

那又怎樣？

正當我要這麼吐嘈的時候，達克妮絲對我招了招手。

「和真，那個惡魔固然個性非常有問題，但似乎不至於做出殺人害命的事情。而且他現在也已經不再做維持結界的工作了，所以冒險者公會的高層似乎也決定先觀察一陣子再說。尤其他目前借宿的地方是維茲的店，高層認為，要是發生了什麼萬一，原本是知名冒險者的店老闆應該也會阻止他才對。」

我鑽進暖桌之後，達克妮絲如此對我耳語。

原來如此，既然沒有什麼嚴重的壞處，與其胡亂激怒他，不如就這樣放著不管比較好。高層是這麼判斷的吧。

再怎麼說，這個惡魔原本也是魔王軍的幹部。

要是正面與之衝突，並試圖消滅他的話，不知道會產生多少損害。

「就是這樣。不過在形式上，魔王軍幹部巴尼爾已經被打倒了，所以公會應該也不至於要我們歸還討伐報酬才對。」

那就好。

好不容易快要變成有錢人了，要是又得欠債的話那還得了啊。

……話說回來，可以不要一邊拿著避孕用具玩，然後一邊一臉認真地說那些話嗎？

「嗯，反正距離商品正式開賣還需要一段時間，到時候再決定汝想採用哪種支付方式就好。那麼，吾很擔心店裡的狀況，先回去了。」

「最好快回去吧，不然我神聖的家會沾上你的惡臭。快點出去，快點啊，快點出去！」

阿克婭揮了揮手趕巴尼爾出去，巴尼爾儘管咬牙切齒，還是乖乖離開了豪宅。

——不過，要選每個月領一百萬或是一次領三億啊……

3

「——在那之後，他們兩個就一直是那副德性了。」

「原來如此，我總算明白他們為何要裝高尚了。」

聽了達克妮絲的說明，惠惠看著我這麼說。

順道一提，我原本在用的那張暖桌已經被巴尼爾搬走了。

原本以為我又得回去暖爐前跟阿克婭爭奪她擅自決定的特別座，沒想到經濟上的寬裕似乎也帶來了心靈上的寬裕。

我和阿克婭兩個人融洽地一起坐在暖爐前的沙發上。

而惠惠冷眼地看著這樣的我好一陣子，最後終於站起來說：

「好吧，有錢能使鬼推磨，今後不需要為資金煩惱確實是件好事……那麼事不宜遲，我們再去出討伐任務吧！繼續幫和真練等！」

拿著法杖的惠惠帶著爽朗的笑容這麼說……

「咦？我才不要，妳在說什麼啊？不久之後我就會拿到一大筆錢了，在這種狀況下我哪有可能工作啊。練等？那種事情已經無關緊要了啦。」

我在暖爐前接過阿克婭端給我的第二杯熱開水，一面啜飲，一面以堅定的語氣這麼說。

……話說回來，我開始想喝真正的紅茶了。

「……啥？」

聽了我的發言，惠惠整個人愣住。我繼續對她說：

「再說了，在裝備齊全還擬定好作戰計畫的狀況下戰鬥，我卻還是死了耶。我決定了，我再也不出討伐任務了。從今以後，我要靠做生意過活。我要脫離冒險者這種危險的工作，度過安穩的人生。」

「吶，和真先生，如果是這樣的話，我可就傷腦筋了。要是你沒有打倒魔王，我就會有很多麻煩耶。」

……嗯。

「既然如此，那我就賺更多錢，僱用一堆高強的冒險者好了。然後請他們協助我練等，再協助我討伐魔王。沒錯，我要率領高等級冒險者大軍進攻魔王城。如何？這樣聽起來，打倒魔王這件事也變得好像有可能實現了吧。」

「就是這招！不愧是和真先生，你打算拿整疊鈔票打冒險者們的臉，拚命使喚他們，等他們削弱魔王之後再自己給魔王最後一擊，對吧！」

「沒錯。不愧是和我交情最久的，妳很了解我嘛。」

我和阿克婭雙雙笑了起來，這時不停顫抖的惠惠說：

「竟、竟然想靠金錢的力量打倒魔王，我不承認這種做法！絕對不承認！你們把魔王當成什麼了！所謂的魔王，就是要和同伴一起練等、不斷鍛鍊，終使潛藏的力量覺醒之類，然後在最終決戰打倒的對象！結果你們是怎樣！僱用高等級的冒險者打倒魔王是哪招！」

「不，話是這麼說沒錯，可是妳想想看喔。從現實層面考量，無論我把等級練到多高，也不可能強到哪裡去吧。即使備齊昂貴的裝備，等級練到超高，我也有自信會被魔王秒殺喔……不然這樣嘛，想辦法打倒魔王軍的幹部，解除了魔王城的結界之後，我就僱用一票高等級的盜賊，委託他們使用潛伏技能去暗殺魔王之類……」

「那是什麼陰招啦！這種作戰方式應該是魔王軍用的才對吧！快點，達克妮絲也說他們幾句！我覺得這兩個人一天比一天還要廢人化了……達克妮絲？」

被惠惠這麼一喊，不知道在想什麼的達克妮絲才赫然回過神來說：

「沒、沒事……只是看著一天比一天還要廢人化的和真，我開始想像再這樣下去他最後會變成怎樣的人渣……成天酗酒不工作，漸漸開始花錢如流水……最後，他可能會對我這麼說：『喂，達克妮絲，妳去做點見不得光的工作給我賺錢回來……！』於是，深信和真總有一天會改過自新的我，便開始賣身……！」

「這裡也有個一天比一天還要廢人化的傢伙！真是夠了，我該怎麼辦啊！」

「喂，惠惠，別把我和那個變態混為一談。而且我最近才剛死過一次耶，在和奔跑蜥蜴展開死鬥之後，我不幸折斷了脖子。至少讓我靜養到這個舊傷痊癒好嗎？」

「明明就是從樹上摔下來所受的傷。你確實需要靜養，但我已經完全治療好你的傷了，應該是不會痛才對吧。」

我沒有理會在我身邊多嘴的阿克婭，以誇張的動作摸了摸脖子。

「……我明白了。」

結果，惠惠低著頭如此低語。

「妳明白就好。那麼，為了早日治好傷勢、重回戰線，我去睡個午覺。我和達斯特他們約好了晚上要去喝酒，麻煩哪個人傍晚的時候叫我起床。」

說著，我準備回自己的房間。

「……我明白了。那麼，我們就去治療和真的傷吧。」

這時，依然低著頭的惠惠這麼說了。

「去療傷？不用啦，我只要遊手好閒一陣子就會好了。」

「我們去進行溫泉療法吧。到水與溫泉之都，『阿爾坎雷堤亞』去。」

「我的傷勢不勞掛心……妳剛才說了什麼？」

我剛才好像聽見溫泉兩個字。

因為是重要的事情所以要再說一次。

我剛才好像聽見溫泉兩個字。

「溫泉？吶，妳剛才是不是有提到阿爾坎雷堤亞？妳說要去水與溫泉之都，阿爾坎雷堤亞，對吧！」

阿克婭聽見溫泉兩個字比我還要激動。

畢竟她自稱是水之女神，對於水與溫泉之都，自然是會感興趣吧。

不過說到溫泉。

說到溫泉，當然就是……！

「溫、溫泉啊——說的也是，我們接連對付了那麼多強敵，精神上也相當疲憊。既然債款都還清了，偶爾奢侈一下去泡個溫泉，好像也不錯呢——」

「和真先生是怎麼了，講話變得像在唸經似地呢。」

阿克婭湊了過來，盯著在暖爐火光映照之下的我的側臉一直瞧。

拜託不要貼得這麼近好嗎，可以的話更別用那種直率的眼神看我。

……這時，我覺得低著頭的惠惠的眼睛好像閃了一下。

「……那麼，和真和阿克婭都贊成去溫泉，對吧？」

我看不見低著頭的她的表情，不過總覺得勉強可以看見嘴角似乎帶著笑意……

「那麼，達克妮絲……」

「——最後，已經墮落到谷底的我就會這麼說！求您別拋棄我！我、我願意為您做任何事情啊，主人————！」

見達克妮絲沉浸在自己的世界裡，紅著臉扭來扭去，惠惠整個人僵在一旁。

「……這個傢伙留下來看家就可以了吧。」

「……別、別這樣，要是沒有達克妮絲的話，路上會不太方便……」

儘管惠惠看見達克妮絲的舉動有點退縮，但聽了我的發言，還是這麼幫她說話。

……路上？

4

——隔天早上。

「天亮了！快點，你們是要睡到什麼時候！都準備好了嗎？快起床快起床，快點啦！」

一大清早的，阿克婭吵死人的聲音就傳遍了整間豪宅。

大概是太期待溫泉旅行了，才會醒得這麼早吧。

至於我——

「當然，早就已經準備好了！真是的，她們兩個平常一直說我們是廢人，現在卻這樣。到底是想睡到什麼時候啊！」

「就是說嘛!我這就去叫她們起床好了!和真就先到共乘馬車候車處那邊去，占好最棒的座位吧。」

「好，包在我身上。不過，在那之前我想先繞去別的地方一下。」

「繞去別的地方?」

我將叫醒另外兩人的工作交給歪頭不解的阿克婭，自己就背著旅行用的行李走出豪宅。

——水與溫泉之都，阿爾坎雷堤亞。

從阿克賽爾出發的話，搭馬車好像只要一天半就會到了。

如果搭早上第一班馬車，就只需要露宿野外一個晚上。

雖然還不知道我們會在那裡住幾天，但我還是想先告訴那個傢伙，我們會離開一陣子。

我來到一大清早就開始營業的小巧魔道具店，並推開店門。

「歡迎光臨!……哎呀，像不死族一樣過著日夜顛倒的生活的小鬼啊，汝這麼一大早來這裡做什麼?要找老闆的話，她被吾的制裁光線烤焦了，倒在裡頭。汝自己進去找她吧。」

巴尼爾在店裡忙著裝箱，不知道是在塞些什麼東西。

然後我探頭看了一下後場，只見渾身焦黑的維茲趴在裡頭。

「……維茲好歹也是你的僱主吧?這樣對待她沒關係嗎?」

「愚不可及。要是放任這個廢物老闆任意處理事務，吾就算工作一千年也無法由虧轉盈。吾只是稍微沒注意，她就叫了非常不得了的貨來，將吾賺取的利潤消耗殆盡。」

雖然我非常在意發生了什麼事情，不過我今天要找的不是維茲，而是這個傢伙。

「不，其實我今天是來找你的。因為我們決定要去一趟溫泉旅行，所以關於我們之前談的生意，希望可以等到我回來之後再做決定。」

「什麼嘛，原來是這麼回事啊。商品的生產線還沒準備好，汝想盡情放鬆或是期待混浴都可以。」

「我我、我才沒有期待什麼混浴！只是因為脖子上的舊傷會痛，所以要去進行溫泉療法而已！……不說這些了，你到底在把什麼東西裝進箱子裡啊？而且你為何要烤焦維茲啊？」

我這麼一問，巴尼爾便將手上準備裝進箱子裡的東西拿給我看。

「這是那個烤得半熟的老闆剛才說著『這是非常了不起的商品！肯定會大賣！我保證一定會大賣！所以巴尼爾先生，請不要擺著發射殺人光線的架勢一點一點逼近我好不好！』，然後一邊哭喪著臉，一邊拿給吾看的東西。吾想拿去退貨所以正在裝箱……汝要買嗎？」

「嗯……？那是什麼，魔道具嗎？」

「似乎能夠用來解決冒險者在野外旅行最大的煩惱，也就是如廁的問題。這是以魔法壓縮的簡易廁所，只要打開箱子即可立刻組裝完成。配備的是沖水馬桶，甚至具有能夠在使用時保護隱私的音效。」

「那是怎樣，也太厲害了吧，聽起來超方便啊。」

冒險者有時必須在野外過夜，對於吃這行飯的人而言，廁所問題相當重要。

「缺點是，掩蓋如廁聲的音效太大，容易引來怪物。同時製造水的裝置也太過強大，附近會嚴重淹水。」

「那、那還是算了。有沒有什麼其他比較推薦的魔道具啊？」

聽我這麼說，巴尼爾從架子上拿了一瓶魔藥過來。

「比較推薦的魔道具啊。本店的沒錢老闆不知道是在想什麼，進了這種只要打開就會爆炸的魔藥，要不要參考一下？一瓶只要三萬艾莉絲，拿著這種魔藥到銀行去，在行員面前揚言要打開，就可以得到一大筆錢。要不要來一瓶啊？」

「誰要啊。這家店就沒有比較正常的魔道具了嗎……」

聽我這麼說，巴尼爾沉沉嘆了口氣。

「因為本店的廢物老闆在採購無用之物方面，具備無與倫比的才能，只要吾稍微一有不注意，她就會進這些莫名其妙的貨品……」

說到這裡，巴尼爾停頓了一下，接著說：

「……這麼說來，小鬼，汝剛才說要去溫泉旅行吧。」

「咦……？我剛才是這麼說的沒錯，怎麼了嗎？」

巴尼爾將他的面具湊了過來。

「汝能不能帶著這個廢物老闆一起去呢？為了量產與汝合作的商品，最近需要一大筆錢。但要是這個傢伙在店裡，又會擅自採購一些奇怪的東西進來，將資金浪費掉。這個傢伙只有身為巫妖的力量相當強大，吾的千里眼之力乍看之下無所不能，但只要對方的實力與吾不相上下，吾便無法看見該人之未來。」

「……你的意思是要我當維茲的保姆啊？我是無所謂啦，只是阿克婭那麼討厭不死者，不知道會做何反應……」

「……這個傢伙其實相當有料，而且非常喜歡泡澡。千里眼惡魔在此宣言，到了旅行目的地，汝將有混浴的機會。」

「包在我身上，我會負責帶她去！」

——抵達馬車的候車處時，阿克婭她們已經在那裡等了。

「和真，我不是拜託你先來占位子嗎……等等，你背的是什麼？」

背著渾身焦黑、翻著白眼又昏迷不醒的維茲，我向大家說明剛才和巴尼爾的談話。

「這樣啊，也罷。不過，她好像變透明了耶。」

阿克婭出乎意料地爽快答應了，而依然昏迷不醒的維茲，也確實變得有點透明。

「喂喂喂，這樣沒問題嗎！快用恢復魔法……啊，這反而會對不死者造成反效果吧！」

「冷靜一點啊，和真。這種時候要用『Drain Touch』喔，用『Drain Touch』將生命力分給她！」

「離開這個城鎮去旅行啊……是自從小時候父親大人帶我去王都，參加這個國家的公主的慶生活動那時至今了吧…………嗯？怎麼了，和真？為什麼要牽著我的手喔喔喔喔！」

我牽起了若有所思的達克妮絲的手，使用了「Drain Touch」。

並將奪取自達克妮絲的生命力傳送給維茲。原本就快要消失的維茲漸漸變得清晰，最後清醒了。

「哎呀……？這不是和真先生嗎？這裡是……？」

在剛醒過來的維茲東張西望的時候，達克妮絲勒著我的脖子說：

「你你、你這傢伙！人家正在回想著過去的記憶耶，你為何老是要這樣偷襲我……！」

「啊嗚嗚我、我也沒辦法啊，因為事態緊急嘛！再說，在這些成員當中生命力最充沛就是妳啊，不然要怎麼辦！」

「幾位客人——！你們不上車的話我們要出發囉——！」

5

身為冒險者，其實我們也可以選擇受僱於車隊當護衛，但因為就算是發生了什麼萬一，著實也不太想戰鬥，所以我們選擇像一般人一樣支付車錢，當個普通的乘客。

我不想戰鬥。

沒錯，我們就連對付這個城鎮周邊的嘍囉小怪都會死了，而會前來襲擊載有這麼多人的馬車的怪物又肯定很強，面對那麼危險的對手，我們怎麼可能有辦法順利應戰。

幸好，在對付巴尼爾的戰鬥之後，我們每個人平均分到一千萬左右的報酬。

難得出去旅行一趟，偶爾在這種地方奢侈一下也沒關係吧。

「吶，和真！我們坐那輛馬車吧！我的眼光準沒錯，那輛馬車坐起來肯定最舒服。順便跟你說一聲，我要坐窗邊，要預訂最能夠欣賞風景的座位喔。快，和真，快去買車票。在其他客人搶走那輛馬車的座位之前，先把車票買起來。」

阿克婭一邊說著這種瞧不起人的話，一邊以閃亮亮的眼睛盯著看起來票價最貴的馬車。

那輛馬車不算太大，乘客的座位和車夫台是連在一起的，後面則加掛了貨車。

貨車上已經裝載了大量的行李。

車夫台後方的乘客座位是木頭材質。

但原本是五人座的位子……

「……吶，大叔，為什麼已經被占掉一個位子了？這是什麼？很礙事耶。」

五人座的位子當中，已經有一個被占掉了。

占據了那個座位的，是一隻放在小籠子裡的蜥蜴。

有著紅色的眼睛，大小和貓差不多的那隻蜥蜴，眼中閃著看起來相當凶暴的光芒。

我說，這該不會是……

「客人，那是紅龍的小寶寶啦。牠的飼主搭的是那邊那輛馬車，不過他也為這隻龍付了一個座位的票錢。雖然坐起來不太舒服，但幾位客人可能要有一位得移駕到後面的貨車去，將就一下了……」

我說了聲原來如此，並接受了車夫大叔的說詞。

其實，這輛馬車的費用比其他馬車便宜了一人份。

如果得挑一個人去和陌生人一起搭車的話也不太好，還是就這樣坐這輛馬車吧。

「……既然如此，就得挑一個人去坐貨車了……」

「猜拳吧！我覺得這種時候還是猜拳決定最好！」

我的話還沒說完，就被阿克婭打斷了。

看來她也漸漸學習到，並判斷自己可能又會跟平常一樣倒大楣了。

阿克婭察覺了要是照這樣下去，自己又會半推半就地變成得去坐貨車的那個人。

「那、那個……既然如此，還是臨時參加的我去坐貨車……」

我剛才告訴維茲，是巴尼爾拜託我帶她一起去溫泉旅行的，而知情的維茲戰戰兢兢地舉起手來這麼說。

但是，我已經收了巴尼爾為維茲準備的旅費了。

我可不能讓她一個人接受這種不公平的待遇。

「不，維茲，這種時候就該採用最公平的方式。好啊，阿克婭。猜拳是吧，沒問題。」

「咦？」

或許是沒想到我會爽快答應吧，阿克婭驚叫了一聲。

……猜拳啊。很好，要來就來吧。

這個世界好像也有猜拳的樣子。

或許又是比我早到的日本人到處推廣的事物之一吧。

達克妮絲和惠惠似乎也沒有意見，乖乖擺出猜拳的準備姿勢。

阿克婭也拿出鬥志，握緊拳頭……！

「那就開始囉！剪刀石頭——布！」

我出剪刀，剩下的都是布，搶先勝出了。

正當我準備坐上馬車時，阿克婭阻止了我。

「誰跟你說贏的人就可以先退出了？規則是五個人一起猜拳，持續猜到只有一個人輸為止喔。」

「搞屁啊。」

雖然在她說要猜拳的時候，我就覺得她有什麼陰謀了。

……好吧。

「喂，阿克婭。不然這樣，就和我賭一把如何？我和妳單挑猜拳，猜三次，三次當中只要妳能贏一次，我就去坐貨車。」

「真的假的……和真先生果然意外的是個笨蛋吧？你知不知道機率怎麼算啊？和真要連勝三次算是不可能的任務喔。」

我面對口出此言的阿克婭，並示意要其他三個人先入坐，然後說：

「我猜拳從來沒輸過。」

三場定勝負，剪刀石頭……！

「——太奇怪了！這樣太奇怪了，你一定有作弊！拜託，再猜一次！再輸一次我就乖乖去坐貨車！」

連續三場都輸給我之後，眼中噙淚的阿克婭一口咬定當中有鬼，纏著我不放。

真是的，這個傢伙很煩耶。

「這可是妳說的喔！要是妳再耍賴，我就拿繩子捆住妳，然後拖在馬車後面。」

聽我這麼說，阿克婭胸有成竹地哼笑了兩聲。

「你這是答應了吧。你已經答應囉，和真！我不知道你是怎樣作弊的，不過既然你有你的密技，我也有我的絕招！『Blessing』——！」

「啊！妳這個傢伙，竟然來陰的！」

阿克婭對自己使用了支援魔法。

這招「Blessing」是能得到神祇庇佑的魔法。

效用是運氣會暫時變好，而效果在每個人身上各有不同。

「俗話說運氣也是實力的一部分，而我說魔法的實力也是運氣的一部分！準備好了喔！剪刀——石頭——布！」

我贏了。

「為什麼啊——！」

見到阿克婭開始哭喊，我一面揮手趕她去坐貨車，一面說：

「其實呢，我從小猜拳一向就沒輸過，我也覺得很奇怪。」

說到我的運氣很好這一點，在猜拳上倒是可以得到印證。

「卑鄙小人！那是怎樣，太奸詐了！根本就是作弊，那是作弊能力吧！原來你天生就具備特殊能力嗎？既然如此，就不應該把我這個舉世無雙的恩惠賜給你吧，不算數啦不算數！放我回去啦！放我回天界去啦，你這個臭作弊鬼！」

這個八婆！

「妳才是臭婊子咧！我的特殊能力是『猜拳必勝能力』？妳是白痴啊，最好是有辦法靠這種能力跟怪物對抗啦！要我在面對魔王的時候說，『跟我比猜拳，要是我贏了就別再對人類造成困擾了』嗎，妳這個白痴！」

「可是！可是！」

見阿克婭依然不肯乖乖就範，我終於忍不住揪住她說：

「最讓我不爽的！就是妳還敢宣稱自己是賜給我的恩惠！妳這是開什麼玩笑啊，妳算是哪門子恩惠啊！如果把妳退貨可以讓我得到特殊能力的話，我一定馬上退貨！」

「哇啊啊啊啊啊——！和真說了不應該說的話啦！物吼！無要拉偶的臉芽啦！」

6

坐在馬車上一路搖晃，不知道過了多久。

我們居住的城鎮已經完全不見蹤影，眼前是一整片陌生的景致。

馬車的側邊設有小小的窗戶，幾乎沒離開過鎮上的我，就從車窗望著外頭的風景。

我的職業明明是冒險者，但來到這個世界之後，這還是我第一次踏上像樣的旅程，也是第一次像這樣悠閒地欣賞風景。

我身旁的達克妮絲穿著鎧甲跪坐在座椅上，貼著車窗，像個小孩子在看什麼稀奇的東西似地，望著窗外不斷流洩而去的景色，眼睛閃閃發亮。

貴族的千金大小姐大概也和我一樣，鮮少接觸城鎮之外的世界吧。

而或許是對於外面的世界比我們還要熟悉，就只有惠惠不太在意窗外，反而是興致勃勃地看著眼前那隻裝在籠子裡的龍。

她輕聲說了句「還是點仔比較可愛」，但手卻伸進口袋裡東摸西找，似乎是想找看看有沒有什麼東西可以餵那隻龍。

而不知為何相當喜歡維茲的點仔正坐在她的大腿上，而她也帶著微笑摸著點仔的頭。

——就在如此祥和的旅途中……

「和真先生——和真先生——！我的屁股好痛喔，真的超痛啦。差不多該有人可以跟我交換一下位子了吧！」

阿克婭在不停震盪的貨車上如此喊叫。

……真拿她沒辦法。

「等一下停下來休息的時候我再和妳交換啦，妳就忍耐到那個時候吧。」

聽我這麼說，抱著腿坐在貨車上的阿克婭就樂得哼起歌來了。

「這樣的話，還是換我去坐貨車吧？話說回來，巴尼爾先生為什麼會突然要我出門旅行呢，到底是怎麼回事啊？呵呵……最近啊，巴尼爾先生非常貼心呢。他總是說『維茲，汝只要面帶微笑坐在櫃檯就可以了，拜託汝別工作』之類，非常體貼……」

維茲笑著對我這麼說。

巴尼爾要我帶維茲一起來的真正理由，我沒有對她本人提起。

我怎麼可能說得出口。

「是喔，那個奇怪面具，明明是個惡魔卻那麼貼心啊？我看他八成是有什麼企圖吧？」

「阿克婭大人，巴尼爾先生也是有些許優點的喔。最近他勤於驅趕聚集在附近垃圾集中處的烏鴉，住在這一帶的主婦們也都稱他為烏鴉殺手巴尼爾先生呢。」

那個惡魔也太會敦親睦鄰了吧。

除了我們搭的馬車之外，還有好幾輛馬車在路上魚貫而行，形成一列車隊。

這些馬車上坐了負責保護商隊的冒險者還有旅客，以及各式各樣的貨物。

人和馬車夠多的話，弱小的怪物就會自行逃開。

既然是這麼大的車隊，應該可以放心吧。

……明明都已經知道這個世界有多麼無藥可救了。

我還是有著這種悠哉的想法。

——首先察覺到異狀的是我。

正當我使用千里眼技能東張西望，想趁這個機會好好欣賞窗外的異世界風景時，發現遠方揚起了煙塵。

煙塵順著垂直於商隊行駛的公路的方向，朝我們逼近。

儘管距離尚遠，煙塵變大的幅度卻相當驚人，可見逼近的速度非常快。

「……吶，那是什麼啊？」

我叫了一下坐在身旁，看著反方向窗外的達克妮絲。

沒有千里眼技能的達克妮絲順著我指的方向看去，但似乎連沙塵都看不見而皺起眉頭。

我有種不祥的預感，於是對車夫大叔說：

「不好意思，那邊好像有一陣煙塵往這邊過來了，而且速度還頗快的……大叔知不知道那是什麼啊？」

聽我這麼說，坐在車夫台上悠閒地拉著韁繩的大叔說：

「煙塵？說到會在這一帶快速移動並揚起煙塵的生物，大概就是奔跑蜥蜴群了吧？不過聽說率領蜥蜴群的公主前幾天已經被打倒了，所以那八成是沙地鯨魚在噴沙吧？至於其他的可能性，好像就只剩下『跳高鷹鳶』了。」

……那是哪門子怪物啊，名字簡直冷到爆炸。（註：日文跳高跟鷹鳶同音）

「客人你不要這樣，別用那種眼神看我好嗎，這名字也不是我取的啊。那是鷹與鳶之間，進行異種交配而誕生的鳥類之王。明明是鳥類，那種怪物卻不會飛，反而具備驚人的腳力，得以高速衝刺。一旦找到獵物就會直接縱身一躍飛撲過去，是一種非常危險的怪物。」

真不希望被名字那麼冷的怪物攻擊。

或許是從表情看出了我的想法吧，大叔輕輕笑了一下。

「放心吧，客人。就跟奔跑蜥蜴一樣，春天是牠們的繁殖期。進入繁殖期時，這種鳥的雄鳥為了吸引雌鳥的注意，會透過稱作試膽競速的求愛行動，比看看誰最勇敢。牠們會找上撞到肯定非死即傷的堅硬物體撲過去，是一種相當奇特的求愛行動。其中因為剎車不及，一頭撞上硬物而喪命的情況也是屢見不鮮。據說，牠們具備找出硬物的本能。所以這一定是找上了附近的樹木或石頭，正在衝過去吧。」

原來如此，這樣我就放心了。

我被大叔這番話說服了，坐回自己的座位上。

然後我再次看向那陣煙塵……

——變近了。

明顯變得比剛才還要近。

而且那陣煙塵是直線朝我們這邊移動。

「不好意思，不好意思——！那陣煙塵好像以猛烈的速度往我們這邊衝過來耶，真的沒有問題嗎？」

聽我這麼說，車夫大叔拉緊韁繩放慢馬的速度，試圖看清那陣煙塵一探究竟，於是……

「……哎呀，那是跳高鷹鳶吧。嗯，肯定沒錯。可是會朝我們這邊衝過來，真是太奇怪了。這位客人，或許是我們這個商隊當中載了什麼行李，當中裝了亞達曼礦石之類硬度超強的礦石吧，因為牠們專門追著硬物跑。商隊裡的其他人好像也發現了，儘管放心…………？

牠們好像往我們這邊來了耶，正確說來，是對準了這輛馬車。正確說來……！」

牠們的目標肯定就是這輛馬車的乘客座位。

也就是說……！

「和真！有速度非常快的生物，正直線往我們這邊衝過來！應該說……我覺得牠們好像盯著我看！好、好熱情的視線啊！呼……呼……！不、不得了了，和真，不得了了！再這樣下去，我會直接被那群高速衝過來的怪物用力撞擊，然後慘遭蹂躪……！」

「果然是妳嗎——！」

我差點沒抱住頭大喊。

「客人，我要停下馬車囉！如此一來，坐在其他馬車上的冒險者護衛們就可以保護這輛馬車和各位了！」

……非常抱歉，都怪我們家的十字騎士太硬了。

我對達克妮絲耳語：

「喂，達克妮絲，那些怪物是衝著妳來的。聽說牠們喜歡朝著堅硬的東西衝刺，牠們的目標是妳那身硬梆梆的肌肉啦。」

「喂，和真，我好歹也算是少女耶，不准說我的肌肉硬梆梆。應該是因為那個吧，我的鎧甲是含有少量亞達曼礦石的特別訂製品，再加上我的防禦技能的話……我看，牠們一定是因為這樣才會朝我衝過來的吧。真……真的啦，所以你別用那種眼光看我，我的身體真的沒有那麼硬……！」

馬車停了下來，我和達克妮絲立刻準備好要跳下馬車的姿勢。

「惠惠、阿克婭，該我們上場了！照理來說我們是不需要戰鬥，但這次的敵人好像是我們吸引過來的。自己的屁股必須自己擦乾淨才行！」

聽我這麼說，惠惠和阿克婭也跟在我和達克妮絲後面下了馬車。

「我也去幫忙！」

維茲如此大喊，也準備要跟著跳下馬車。

「我答應過巴尼爾要照顧維茲了！我知道維茲很強，不過現在請妳待在馬車上！還有，請妳保護車夫大叔！」

維茲用力點了點頭，而毫不知情的大叔大喊：

「客人！客人你們並沒有承接護衛的工作不是嗎！各位是付錢搭馬車的乘客，請躲到安全的地方去吧！」

非常抱歉！原因大概是我們的同伴！

我在內心道歉的聲音當然沒有人聽見。

「冒險者大俠！麻煩各位了！」

不知道是誰這麼一喊，承接了護衛馬車委託的冒險者，紛紛手拿武器，接連跳下馬車！

面對從垂直於公路的方向衝過來的跳高鷹鳶，達克妮絲直接迎向牠們，走了過去。

說起來不太好意思，不過我躲在達克妮絲的後面。

即使我站到首當其衝的位置也沒用，那些怪物衝過來的速度那麼猛烈，只要中了牠們一腳，我必死無疑。

我請阿克婭施展支援魔法，也拜託惠惠做好隨時能夠施展爆裂魔法的準備。

長了老鷹的頭，骨架如同鴕鳥的那種鳥，速度比馬還要快，體型比牛還要大。

牠們絲毫沒有放慢速度，直線朝我們這邊衝了過來。

「喂，前面那個十字騎士！妳又不是護衛，退下去吧！」

某個看似戰士的男子如此大喊。

但是，達克妮絲並未停下腳步。

「喂！怪物們朝著那個十字騎士直線衝過去了……！那是『Decoy』吧！那個十字騎士用的那招叫作『Decoy』，是能夠吸引敵人的技能！明明不是護衛，那個十字騎士卻用了那招，將所有敵人都引過去了！」

某個男性弓手這麼說。

——非常抱歉。她並沒有用那種技能，非常抱歉。

「你們看，那個十字騎士面對這麼多敵人，依然絲毫沒有退縮之意！好、好帥啊……！真是……真是太勇敢了……！」

某個女魔法師如此表示。

——非常抱歉。理由八成和妳認為的完全不同，非常抱歉。

就在心癢難耐的達克妮絲紅著臉向前走的時候，一個看似盜賊的冒險者手拿繩索，勇猛地跟在達克妮絲的身後，並追了上去！

「妳不但是付了車費的普通乘客，還沒有拿護衛費，我們可不能只讓這樣的冒險者碰上危險！我來掩護妳吧，看我的『Bind』！」

「什麼！」

聽他那麼說，達克妮絲立刻有了反應。

我記得好像有聽克莉絲提過這個技能。

盜賊的技能，「Bind」。

達克妮絲還在和克莉絲一起冒險的時候，她們採取的戰術就是由克莉絲對敵人使用這個技能，以封鎖怪物的動作，再由達克妮絲解決怪物的樣子。

我懂了，大概就是因為這樣吧。

所以動作並不怎麼迅速的達克妮絲光是聽見技能的名稱，就能夠立刻採取這個舉動。

達克妮絲衝向已經逼近到眼前的跳高鷹鳶……其實並不是。

那個看似盜賊的男子鎖定了其中一隻跳高鷹鳶為「Bind」的目標，而她簡直像是要掩護那隻怪物一般……

喜出望外地衝進了男子和跳高鷹鳶之間。

達克妮絲立刻被繩子纏住，轉眼間手腳已經遭到束縛，變得像隻蓑衣蟲一樣，跌到地上不停蠕動著。

盜賊一臉茫然，而達克妮絲則是紅著臉，以亢奮的聲音吶喊：

「唔！怎麼會這樣！我居然在敵人眼前遭到五花大綁！再這樣下去……！再這樣下去，我會遭到那群怪物蹂躪啊！」

——非常抱歉。我們隊上的變態，真的是對不起各位。

怪物們揚起煙塵，朝著倒在地上的達克妮絲衝了過來。

看見達克妮絲的處境，看似盜賊的男子悲痛地大喊：

「難不成妳是擔心我施展了『Bind』之後，會變成那群怪物的目標，所以才自己取而代之承受嗎？真是抱歉！原本以為可以掩護妳的行動反而害了妳，請妳原諒我——！」

——非常抱歉！都是我的同伴不好！真的、真的非常抱歉！

7

——試膽競速。

那是一種以猛烈的速度衝向斷崖等等可能造成生命危險的障礙物，在千鈞一髮之際剎停或閃躲，藉以測試膽量的競速遊戲。

而現在，在這個危險的遊戲當中，被選為障礙物的——

「和真、和真！來了！又來了！不行了，這次真的不行了！啊啊，快撞到我了——！」

是雙手雙腳都被綁住的達克妮絲。

低頭猛衝的跳高鷹鳶，朝著倒在地上的達克妮絲跑了過去……！就在大家都這麼以為的瞬間，跳高鷹鳶以背越式的姿勢從貼近達克妮絲的位置高速越過她的上方。

接著，那隻跳高鷹鳶若無其事地繼續衝刺，有如一陣風，掃過我們和其他冒險者身邊。

之後陸續有跳高鷹鳶朝達克妮絲衝過來，但都接二連三地以跨越式、剪刀式、腹滾式等各種姿勢，在撞上達克妮絲之前跳過了她。

「和真！這算是一種吊我胃口的方式嗎？這種在緊要關頭卻什麼都沒發生的感覺也別是一種樂趣……！怎麼會這樣，發情的雄性一隻接著一隻從我的身上越過……！」

「夠了，還有別人在看，妳給我閉嘴！」

在我身旁的阿克婭擺出一臉跩樣看著我，挺著胸膛，一副要我稱讚她的樣子。

「好啦好啦，好棒好棒。這件事結束之後，我跟妳換位子就是了。」

聽我這麼說，阿克婭握拳叫了聲好。

我要她為現在被當成目標的達克妮絲施展能暫時提升運氣的支援魔法，「Bleesing」。

心癢難耐還不停扭動的達克妮絲的運氣，目前透過魔法而暫時得到提升，所以應該沒那麼容易被撞到才對。

經過這陣忙亂之後，負責護衛的冒險者也開始行動了。

「用魔法！牠們的動作很快，用魔法對付！」

不知道是誰這麼一說，魔法師們便同時施展了魔法……！

「『Lightning』！」

「『Blade of Wind』！」

「『Fire Ball』！」

魔法接連飛向進逼而至的怪物。

中了魔法的跳高鷹鳶紛紛失去意識，維持原本的速度，接連撞上馬車和冒險者。

由於速度相當快，即使解決了牠們，還是會順應慣性法則繼續移動，不會輕易停下來。

遭到速度驚人的跳高鷹鳶撞擊，冒險者和馬車都損傷慘重。

存活下來的跳高鷹鳶全都跳過達克妮絲之後，奔跑的速度絲毫沒有減慢，還順勢就轉了一個大彎。

商隊的人和冒險者見狀都不禁驚呼。

牠們還想再來一次啊！

我的視線前方是被當成目標，依然在地上扭來扭去的達克妮絲。

……看著她那副模樣，我靈機一動。

「大叔，這附近有沒有斷崖之類的地方？」

我找上在附近呆呆看著事情經過的車夫大叔這麼問。

我打算拿達克妮絲當成誘餌，讓那群怪物自滅。

先把達克妮絲丟到斷崖邊緣，再拿繩索綁住她，避免摔下去。

如此一來，跳過達克妮絲之後，那些怪物就會一隻接一隻掉下斷崖……！

「不，這一帶沒有那種斷崖……有的話就是我們在突然下大雨的時候用來休息的洞窟。除此之外，這一帶就沒有什麼特別的地方了。」

聽大叔如此回答，我也覺得事情果然沒有那麼剛好——

……洞窟。

「大叔，那個洞窟就在附近嗎？很近就麻煩你開車！惠惠、阿克婭，妳們也快上車！」

我對他們做出指示後，朝達克妮絲衝了過去。

我正準備解開綁住達克妮絲的繩索，但是……！

「咦？這是怎樣，沒有繩結！怎麼會這樣！」

我打算鬆開繩索，卻找不到繩結可以解……！

我轉頭看向對達克妮絲施展「Bind」的男冒險者。

「抱、抱歉！拘束技能一旦發動，在有效時間結束之前都無法解開繩索！唯一的方法，就只有拿小刀之類的利器，將纏在身上的繩索一根一根割斷了……！」

喂，不會吧。

我轉頭看向轉彎回來的跳高鷹鳶群，只見領先的那一隻已經往這邊跑過來了。

沒時間了！

「和真，我不知道你想怎麼做，不過直接拖著我跑就行了！這條繩索很牢靠，與其一根一根挑斷，不如拖著跑比較快！快冷靜下來，事態緊急啊！」

「妳說得很對，但事情會變得這麼複雜，還不都是妳害的！」

我拖著沉重的達克妮絲，朝已經準備好策馬奔馳的馬車前進。

「跳高鷹鳶往你們那邊過去了喔——！」

有人如此警告我們。

同時，魔法的攻擊聲接連響起。

在這些聲音的環繞之下，我準備坐上馬車……

「喂，現在怎麼辦！妳太重了，我可沒辦法把妳搬上馬車喔！」

「不、不准說我太重，明明就是我的鎧甲太重，給我改口說清楚！找條繩索把我綁在馬車後面拖著跑就可以了！事態緊急，無可奈何！不用顧慮我，這也是無可奈何的事情啊！」

達克妮絲帶著某種期待的眼神對我如此力訴。

「喂，這條繩索給你用！不好意思，給你們添了這麼多麻煩！」

這麼說著，將繩索拋給我的，是那個拘束住達克妮絲，看似是盜賊的冒險者。

該道歉的是我才對，我們隊上的變態給大家添了這麼多麻煩。

我以手上的繩索將達克妮絲綁到馬車上，這時……！

「客人，該出發了！要不然馬車會被撞壞！」

聽車夫大叔以緊張至極的聲音大喊，我也喊了回去：

「可以了，大叔，開車吧！達克妮絲，覺得太緊的話就告訴我！我馬上幫妳鬆綁！」

被綁住的達克妮絲紅著臉不停扭動，像是在期待自己接下來會有何種遭遇一樣，已經興奮到聽不進我說的話了。

「啊啊……不但被綁住了，還得就這樣被馬拖著跑……！不僅如此，還有一群飢渴的雄性追著處於這種狀態的我跑……！」

直接把被綁住的這個傢伙丟在這裡不管，對她而言或許還比較幸福吧。

拖著這樣的達克妮絲，馬車猛然衝了出去。

「和真，你竟然這樣對待達克妮絲！我原本就覺得和真是個非常殘忍的傢伙了，但是這樣也太誇張了吧！」

「太……太過分了……」

「不、不是啦！這不是我想的，是達克妮絲自己提出來的主意……！」

就在坐上馬車的我被兩人如此責難的時候，車夫大叔以悲痛的聲音大喊：

「客人，現在該怎麼辦！牠們往這邊衝過來了！會被追上啊！現在該往哪裡去？」

我猜車夫大叔其實是很想把我們丟下車吧，但又因為已經收了我們的車錢而不能這麼做，所以很痛苦吧。

「往洞窟去！請你駕車到剛才說的那個洞窟去！」

就在馬車高速奔馳時，跳高鷹鳶也已經從後方節節逼近。

就速度來說是牠們比較快。慘了，會被追上……！

「『Bottomless Swamp』！」

一道澄澈的聲音在馬車內迴響。

同時，馬車和跳高鷹鳶之間冒出了一個巨大的沼澤。

跑在最前面的跳高鷹鳶已經陷入沼澤裡無法動彈，逐漸沉了進去。

那是維茲的聲音。

見我們快要被追上了，她緊急施展魔法，絆住那群怪物。

但是，怪物們繞過沼澤，繼續追了過來。

成群的跳高鷹鳶再次迅速拉近距離，至於牠們的目標達克妮絲……！

「嗯啊啊啊，這、這種遭遇！鎧甲喀喀作響！啊啊，披風也磨破了，這身破破爛爛的衣物讓我身為貴族的顏面盡失……！不、不要啊——！和真，別看我，別看這樣逐漸變得衣衫襤褸，還醜態百出的我啊啊啊——！」

則是紅著臉叫著不要，看起來卻很樂在其中。

她偶爾行有餘力還會偷瞄我們，發現大家都在看她，臉就會變得更紅，神情也更恍惚。

這個傢伙的本性就是這樣。

在身體被占據了大半之際，依然要我們將她連同巴尼爾一起收拾掉的，我的那個威風凜凜又帥氣的同伴，不知道是上哪兒去了。

「『Heal』！『Heal』！」

我身旁的阿克婭勤奮地對著被拖在馬車後面的達克妮絲施展恢復魔法。

「和真！看到洞窟了！我可是隨時都能施展魔法喔！」

「很好，就拜託妳配合我的號令出招了！」

在全速奔馳，且不停搖晃的馬車上。

對惠惠做出指示之後，我舉弓搭箭……！

「大叔，看見洞窟之後就把馬車停到洞口旁邊！阿克婭，對我施展增強肌力的支援魔法！……狙擊狙擊狙擊狙擊狙擊——！」

我從馬車的窗口探出身子，對準奔向我們的跳高鷹鳶群接連放箭。

由於有技能的輔助，我幾乎可以說是箭無虛發，全都刺進了鷹鳶的頭。

看見同伴們紛紛倒下，跳高鷹鳶在奔跑的同時展開了雙翼，大聲發出尖細的威嚇聲！

「嗶——咻囉囉囉囉囉囉囉囉——！」

原來如此，難怪叫跳高鷹鳶啊。

解決了鳶的要素不知道在哪的疑問而感到神清氣爽的我，聽見車夫大叔拚了老命大喊：

「客人，已經到洞窟前了！只要沒下雨就不會有人靠近那個洞窟，你們可以放手一搏！……我會緊急剎車，請找地方緊緊抓牢！」

在所有人聽了這句話並都就近找了地方抓好之後，馬車已經及時停在洞窟的入口旁了。

那群跳高鷹鳶就在後方不遠處。

我們已經停了下來，而牠們絲毫沒有放慢腳步。

別說放慢腳步了，遭受到攻擊的憤怒，反而使牠們跑得更快了。

——藉由阿克婭的支援魔法增強了肌力的我跳下馬車，拉起綁在馬車和達克妮絲之間的繩索，並以擲鏈球的要領甩起達克妮絲，然後將她拋到洞窟前面！

「啊啊啊啊！相當不錯，這種對待方式相當不錯啊！不愧是和真！拖著我跑了這麼一大段路，最後還把我丟出去引誘怪物噗嗯……！」

被我拋出去的達克妮絲在洞窟前面以臉部著地，安靜了下來。

在此同時……！

「嗶——咻囉囉囉囉——！」

伴隨尖細的叫聲，成群的跳高鷹鳶朝著倒在地上的達克妮絲衝了過去。

牠們將頭低到貼近地面的位置，然後在即將撞到達克妮絲的時候，才輕身閃過她。

跨越式、背越式、腹滾式、剪刀式。

跳高鷹鳶群有如一陣風，接二連三跳過達克妮絲上方，接著就直接衝進洞窟裡面去了。

不一會兒，那群怪物已經消失在洞窟裡面，而就在最後一隻衝進洞窟的那一瞬間——

「惠惠！動手！」

我拉扯綁著達克妮絲的繩索，盡可能讓倒在地上的她遠離洞窟前面之後，對已經完成詠唱的惠惠做出指示。

「『Explosion』————！」

聽了我的指示，惠惠對著洞窟發出必殺的爆裂魔法。

從法杖頂端射出的那道閃光追擊衝進洞窟內的怪物們，隱沒在黑暗的洞穴之中……！

接著，有如一座小山的那個洞窟，隨著一陣巨響炸了開來。

天色已經完全暗下來了。
我們和商隊的人一起搭了好幾個類似營火架的大火堆。
商隊的馬車以火堆為中心停靠成圓形，當成圍欄。
如此一來，不但可以在露營時擋風，萬一遭到怪物襲擊，馬車也能夠當成一種屏障。
缺點則是無法立刻驅車啟程。不過無論如何，夜色如此深沉，幾乎不可能策馬趕路。
仔細想想，這樣的陣型確實相當合乎效益。
「來來來，請用請用！特別好吃的部位烤好了，各位請享用吧！」
這麼說著，拿了烤得恰到好處的肉給我們的中年男子，是這個商隊的領隊。
白天打倒跳高鷹鳶的時候表現得特別活躍的我們，受到商隊的熱情款待。
事到如今，我也不敢說那些怪物是被我們隊上的十字騎士吸引過來的了。
因此，感到有點愧疚的我們，在接受大家款待時顯得有點客氣，但領隊卻……
「話說回來，各位真是太厲害了！沒想到竟然有個能夠使用爆裂魔法的大魔法師……！
而且，還有能夠輕而易舉地治療眾多傷患的大祭司，以及面對成群的跳高鷹鳶也毫不退縮，隻身承受敵人襲擊的勇敢十字騎士……！那位小姐更在緊急時刻以上級魔法當中的沼澤魔法拖住敵人！然後，最讓人敬佩的就是您的足智多謀，能夠當機立斷，將大群敵人帶到洞窟裡一網打盡！真的是太厲害了！」

拜託你饒了我吧。

真的不是你說的那樣，完全都是我們害的。

「不不不，是碰巧啦，只是碰巧罷了。還有……無論幾次我都要說，護衛的報酬我們真的不能收……」

沒錯，商隊好像要付護衛的報酬給我們。

「您在說什麼啊，跳高鷹鳶幾乎都是各位打倒的不是嗎！」

「不不不，真的不用！我們真的不能收！身為冒險者，在那個時候參加戰鬥實屬當然！真的不用！真的不用啦！」

而我堅決推辭。

在這種狀況下我們等於是自導自演的假好人，我的臉皮可沒厚到敢大方收下這種報酬。

但是，不知為何，這位領隊卻一副深受感動的樣子，身子甚至顫抖了起來。

「……多麼偉大的情操啊！我真是太感動了，沒想到世道如此艱辛，卻還是存在著這麼一群真正的冒險者！」

……還如此讚揚我們。

看來還是別再跟他多說些什麼，以免露出馬腳吧。

阿克婭跑到別的火堆旁邊去表演她的宴會才藝，接受大家的拍手喝采和酒水招待。

不知為何，維茲也跟在阿克婭身邊，被她拖著到處跑。

被我丟到洞窟前面當誘餌的達克妮絲，後來被洞窟裡竄出的爆炸氣流吹跑，一身鎧甲摔得坑坑洞洞。

至於她本人只是受了點輕傷，阿克婭也已經治好了那些小傷口。

現在，達克妮絲待在我身旁，專注地看著鎧甲的修理過程。

而修理鎧甲的人是我。

沒想到為了開發商品而學會的鍛造技能，會以這種形式派上用場。

正當我修理著鎧甲時，惠惠也跟達克妮絲一樣，專注地看著我手邊的動作。

她們兩個是怎樣，看我做這種枯燥的事情很好玩嗎……

針對鎧甲表面凹陷的部分，我先將縫在鎧甲背面吸收衝擊的材料拆開，從背面敲打凹陷的地方，再拿砂紙研磨，消除修理過的痕跡。

之後，再將吸收衝擊的材料縫回去……

「妳們這樣一直盯著看，我很難做事耶。」

聽我如此表示，惠惠說：

「喔，我只是覺得你修理的工夫很靈巧。和真應該可以靠鍛造混口飯吃吧。」

「……嗯，看著自己的鎧甲在眼前逐漸復原的感覺還真好玩。」

就連達克妮絲也在惠惠之後這麼說，眼神還閃閃發亮。

——馬車的數量超過十輛，商隊的人數當然也不少。

現場的人數不下數十，大家像這樣在星空底下圍著火堆相談甚歡的模樣，感覺正像是奇幻世界該有的景象。

這時，阿克婭去串門子的那個火堆旁邊的人突然騷動了起來。

我好奇地看了過去，似乎是阿克婭表演了什麼特別精采的才藝。

眾人紛紛拱著她說：

「再一次！阿克婭小姐，請再表演一次剛剛的才藝吧！」

「我願意付錢！所以，拜託妳再表演一次！」

商隊的人無不如此表示。

我就說嘛，那傢伙乖乖吃這一行不就得了嗎？

這個商隊好像都是從遠方的城鎮來我們這裡做生意的人。

……難怪。所以他們才不知道我們這個小隊的成員，風評究竟有多差。

如果是對我們應該已經相當熟悉的那個城鎮的居民，碰上這次騷動，肯定會說「又是你們幹的好事」吧。

……有點想睡了。

我們不是護衛，所以不需要守夜。

當我說出差不多該睡了之後……

「……好啊。你想睡是沒關係，可是要做好隨時起床的準備喔。」

不知為何，惠惠帶著不懷好意的笑，並這麼說著。

——深夜。

我被某種聲響驚醒。

儘管有人在守夜，但他們似乎都沒發現那道聲響。

我看向身邊，在火堆旁看見熟睡的同伴們。

阿克婭和達克妮絲不見人影，不過惠惠和維茲都睡在附近。

不知怎地，我有種不祥的預感。

我可以聽見充當屏障的馬車外面，傳來了些微聲響。

看來應該要叫醒大家才對。

「喂，醒醒啊，惠惠。維茲也醒醒吧，情況好像不太對勁。」

我搖了搖惠惠的肩膀。

但是，惠惠一副睡得很香的樣子，嘴角還掛著口水。

「……喂，惠惠、維茲，妳們醒醒啊。妳們再不醒來我就不客氣了喔，到時候小心讓妳們害羞到好幾天都不敢正眼看我的臉。就算妳們不醒來我也無所謂，也不會造成我的困擾。既然有為了叫醒妳們這個正當理由，我可是不會手下留情的喔。妳們不起來就表示我可以動手了喔，真的可以吧？」

「最好是可以啦。到底想做什麼啊，你這個傢伙。」

「嗚哇喔嗚！」

突然有人從背後對我說話，害我嚇得跳了起來。

這、這樣對心臟很不好耶！

「喂，達克妮絲，別嚇我啦。醒著不會早點出聲喔，害我差點就在妳眼前做出非常不得了的事情了。」

達克妮絲原本好像也和惠惠一樣在我身邊休息。

「……你原本到底是想幹嘛啊，真的是……不，現在更重要的是……」

達克妮絲壓低聲音，警戒著周遭的狀況。

白天那個令人失望的十字騎士不知道上哪去了，現在這個注意著周遭狀況的達克妮絲，看起來就是個像樣的冒險者。

…………哦哦？

有感應，我的感應敵人技能有了反應。

負責守夜的好像是白天那個看起來像是盜賊的冒險者。

大概是感應敵人技能和我一樣有反應了吧，那個傢伙厲聲大喊：

「喂，有敵人！大家都起來吧！」

他的喊叫聲讓冒險者和商隊的人都迅速起身。

我發動千里眼技能，望向馬車外側的黑暗之中，看見無數的人影在蠢動著。

……那是什麼，是人類嗎？但以人類而言，動作好像太遲緩了。

「喂，敵人的數量還不少！外型像人，而且動作很遲鈍！」

聽我如此大喊，有人拿著長木棍以火堆引燃，然後藉以照亮圍成屏障的馬車外側。

而在光線當中蠢動的東西……

只見已成腐肉的身體到處都是缺損，模樣令人觸目驚心。

——是主流不死怪物，殭屍。

「「「啥啊啊啊啊啊——！」」」

看見火光照出黑暗之中的那些殭屍震撼力十足的模樣的人，全都不約而同地放聲慘叫……當然也包括我在內。

已經卸下鎧甲的達克妮絲，拿起靠著直放在一旁的大劍站了起來。

我決定將神經大條到在這種狀況下依然能夠呼呼大睡的大人物惠惠交給達克妮絲照顧。

「這傢伙就交給妳了！我去叫阿克婭，這種狀況正是那個傢伙最能有所表現的時候！」

趁這個機會，偷偷將白天給商隊的人們添麻煩的人情債給還清吧。

白天的時候，因為達克妮絲引來了跳高鷹鳶，造成許多人負傷，還有馬車也因此受損。

事到如今，我也不敢開口承認白天的襲擊是我們的錯，並為此道歉了。這當然是我不夠成大器的地方，但我想趁現在還掉白天欠下的人情，一掃心裡的鬱悶。

我看向四周，試圖尋找阿克婭的身影……！

「哇啊啊啊啊啊——！怎麼搞的？為什麼我才睜開眼睛就發現自己被不死怪物包圍了？和真先生——！和真先生——！」

我看向發出聲音的地方，原本好像是靠著馬車睡著的阿克婭，被殭屍們團團包圍了。

奇怪……等一下喔，這該不會是……

「竟敢趁我熟睡的時候襲擊，你們這些不死怪物還真有膽量啊！迷途的靈魂們啊，安息吧！『Turn Undead』——！」

大範圍的溫暖白光隨著阿克婭的吶喊聲擴展開來。

周遭的人見狀，紛紛驚呼。

碰到阿克婭發出的光芒，成群的殭屍接連遭到淨化，潰不成形……

看見這一幕，人們的驚呼變成了歡呼。

但是，看見這一幕的我，心中充滿的感情卻是……

——歉疚。

「啊哈哈哈哈哈，偏偏碰上本小姐，算你們倒楣！好了，看我一一將你們全都淨化！」

那個傢伙在火光之中凜然地挺著胸膛站著的模樣，宛如指引迷途羔羊回歸天國的女神。

然後，看著她這副模樣，我的嘴裡輕輕冒出一聲：

「非……非常抱歉……」

看著接連淨化殭屍的阿克婭，已經籠罩在一片悠閒的勝利氣氛之下的人們，紛紛開始讚揚起阿克婭：

「多麼美麗的祭司啊……！簡直就像女神一樣！」

「啊啊，殭屍們一一得到淨化……！那位小姐是白天那個為了保護我們，而抵擋怪物的十字騎士小姐的同伴呢……！」

非常抱歉，非常抱歉。

我的同伴們一個接一個給各位添了麻煩，非常抱歉。

「沒想到會碰上殭屍攻擊這種罕見狀況，幸好有那位祭司小姐在，真是太幸運了！」

非常抱歉，要是我們隊上的女神不在這裡，這些殭屍大概也不會特地跑來這邊了。

「好了，大概就這樣了吧。怎麼樣，和真？本小姐很有女神風範吧！在這趟旅程之中，我算是一直都很有表現吧？差不多該奉獻個供品給我也不為過了吧！」

容易吸引不死怪物是她的體質，這是無可奈何的事情，但是看她頂著那副跩臉跑到我身邊來，我就真的很想揍下去。

「啊啊！維茲，振作點！來人啊，維茲她……！」

我覺得好像聽見了達克妮絲慌張地如此大喊，這時，商隊的領隊跑來找正在和阿克婭對話的我，並說：

「哎呀，又是你們解救了我們！這次你們一定要收下我的禮金！」

非常抱歉，我真的沒有辦法收啊！

第三章

在囧不可耐的城鎮進行觀光！

1

「那麼，幾位就請隨意吧。希望你們可以在這個溫泉城鎮好好玩個盡興！哎呀，你們真的幫了好大的忙，太感謝你們了！」

商隊的領隊對我們鞠躬好幾次才離開。

號稱水與溫泉之都的阿爾坎雷堤亞。

搭乘馬車經過長途跋涉之後，我們來到這個地方。

即使我向商隊的領隊說明，這次怪物襲擊的原因可能是出在我們身上，他還是不當一回事，以為我是在開玩笑。

不僅如此，他甚至覺得這是我們因為不想接受報酬而隨便編出來的理由，自行美化了對我們的印象。

而且，他還因為我們堅決不收錢，就依照人數份給了我們住宿券。

那個人好像也是阿爾坎雷堤亞最大的旅店的經營者。

然後，他們似乎要直接前往下一個城鎮了。

「啊啊……瘌痢寶……瘌痢寶要離開了……」

目送馬車離去的惠惠喃喃說著。

除了我們之外，還有很多乘客和冒險者在這裡下車，然而就連下車的人都走進城鎮之後，惠惠還是望著逐漸遠離的馬車，直到從視野當中消失為止。

「妳在說什麼啊，『瘌痢寶』是什麼東西？」

聽見惠惠那麼叫，阿克婭一副恍然大悟地說：

「妳是指那隻小龍嗎？這麼說來，好像有個看起來就很有錢的乘客，說是要拜託妳這位幫了商隊很多忙的大魔法師小姐幫牠取名，對吧？」

……竟然請紅魔族幫忙取名字啊。

「據說一旦幫龍取了名字，之後不論再怎麼用其他名字叫牠，也不會有所反應……」

達克妮絲隨口就說出了如此嚴重的事情。

惠惠一副感慨萬千地點了點頭說：

「是啊，那個孩子得到瘌痢寶這個名字，顯得非常開心喔。為了告知牠的飼主，我還在紙條上寫下這個名字，並放在籠子裡面，署名是要給他的。如果牠可以得到飼主的疼愛，那就太好了呢。」

這個傢伙竟然做了這麼過分的事情。

我的愛刀也被她取了奇怪的名字，可說是心有戚戚焉……

「妳這個傢伙，拜託快點把那個不管看到什麼東西，就都要幫它取上個怪名字才甘心的壞毛病給改掉好嗎？你們紅魔族取名字的品味真的很奇怪，關於這一點，妳也差不多該有些自覺了吧。」

「關於和真沒有取名字的品味這一點，我倒是很清楚啦。明明自己就有個那麼帥氣的名字，卻如此沒有品味，真的是太令人感嘆了。我看，將來和真要是有了小孩，就由我來幫他取名字吧。」

「唯獨妳，我是絕對不會將取名這個重責大任交付出去的啦……不對，等一下，妳剛才是說我的名字怎樣來著？和真這個名字，以紅魔族的標準來說，算是帥氣的嗎？這也太讓人沮喪了吧。」

背著維茲的我，望向城鎮裡面。

維茲昨天晚上受到某人施展的淨化魔法牽連，至今仍尚未清醒。

這時，施展了淨化魔法的那個傢伙亢奮地大喊：

「我們到了！水與溫泉之都，阿爾坎雷堤亞！」

臨!!

歡迎蒞

——水與溫泉之都，阿爾坎雷堤亞。

鄰近澄澈的湖泊，以及有溫泉湧出的大山的這個城鎮，到處都充滿了渠道。

建築物統一以藍色作為基調，街景十分美觀，路上的行人看起來全都充滿了活力。

在這個魔王軍橫行的世界，這裡卻是如此安定。

聽說這裡也曾經和魔王的爪牙開戰過，但是在那次戰鬥之後，他們就不曾接近過這裡，連個魔王的魔字都沒再出現。

一說。是因為這個城鎮居住著許多祭司，對於魔王軍而言是個相當不好對付的地方。

一說。是因為這個城鎮有水之女神，阿克婭女神的眷顧。

——又一說。

「歡迎來到阿爾坎雷堤亞！請問是來觀光？來入教？來冒險？還是來受洗？對了，如果是來找工作的話，請務必來到阿克西斯教團！現在有個好工作，只要到其他城鎮去闡揚阿克西斯教有多麼了不起，就可以賺到錢了。而且，還有個額外的好處。只要是從事這個工作的人，全都可以自稱是阿克西斯教徒喔！來吧，請跟我來！」

是因為這個城鎮住著大量的阿克西斯教徒，所以就連魔王軍的成員，也都不想和他們扯上半點關係。

我們才剛抵達這個城鎮，就突然有一群疑似是阿克西斯教徒的人向我們搭話。

怎麼辦，我完全沒想到會這麼突然就被招攬。

應該說，為什麼這個城鎮會有這麼多阿克西斯教徒啊？

「多麼美麗而閃亮的水藍色秀髮啊！是天生的嗎？好羨慕喔！真是太令人欽羨了！那件羽衣看起來也很有阿克婭女神的風格，好適合妳啊！」

仔細一看，有一位女信徒正熱烈歡迎著阿克婭。

……話說回來，這樣有點不太妙吧。

要是她像平常一樣說著什麼「其實我是女神！」之類，大概又會像之前一樣被當成冒牌貨，被一堆人圍毆吧。

惠惠和達克妮絲也是受到他們的氣勢所震懾，顯得有點招架不住了。

維茲還趴在我的背上沒有醒來，或許算是件好事吧。

只有阿克婭一個人，在那位女性教徒不停稱讚她的容貌的同時，帶著一臉頗為受用的表情東張西望，眼睛都亮了起來。

而我走到這樣的阿克婭身邊，對她耳語：

「喂，別在這裡說自己是水之女神什麼的喔，事情肯定會變得非常嚴重。最好是連名字都不要讓人知道，乾脆用假名算了。」

「我知道啦，和真，我可沒那麼笨。別說這些了，我們趕緊到鎮上去吧！這裡是水與溫

泉之都，阿爾坎雷堤亞！身為水之女神，我都興奮起來了！而且最重要的是！這裡可是阿克西斯教團的大本營呢！」

「什麼！」

據說阿克西斯教團的怪胎一堆，而這裡就是他們的大本營？

說到阿克西斯教團，就是哪個神不崇拜，偏偏崇拜阿克婭的宗教團體。

……難怪阿克婭會想來。

我心想著，總不能就這樣放著靜不下來的阿克婭不管，於是向正在歡迎她的阿克西斯教徒低下頭，同時說：

「不好意思，我們隊上已經有阿克西斯教的祭司了。我們今天只是來觀光的，所以先告退了……」

說著，我們就準備離開。這時，阿克西斯教徒們笑容滿面地對我們揮了揮手。

「原來是這樣啊！再會了同志，祝你們有美好的一天！」

見阿克西斯教徒終於肯放過我們，惠惠和達克妮絲也都鬆了一口氣。

然而……

「歡迎來到阿爾坎雷堤亞！阿克西斯教的教徒，會告訴各位病情好轉、中了樂透、才藝變得更加精湛等等的親身經驗喔。如何啊？你要不要也來入教一下？」

……他們還真是個可疑到不行的宗教團體啊。

覺得有點受不了的我，遠遠看著積極拉人的信徒們，也覺得好像是見識到阿克西斯教之所以會受人鄙棄的部分原因了。

「……總、總之，我們先到旅店去吧。雖然有點像是自導自演地賣了人家人情，感覺有點不好意思，但既然人家都給我們住宿券了，與其丟掉白白浪費，還不如心存感激地好好利用吧。」

聽我這麼說，阿克婭堆出滿臉笑容……

「這樣的話，你們先去那間旅店好了！我要以阿克西斯教的大祭司身分，去教團總部玩玩，讓大家吹捧吹捧我！」

然後嘴裡說出如此令人不安的話。

妳給我好好照顧維茲啊。

「和真……總覺得阿克婭有點令人擔心，我跟她一起去好了。你可不可以幫個忙，把我和阿克婭的行李先拿到旅店去放？」

一臉擔心地看著興高采烈的不知道要上哪去的阿克婭，惠惠這麼說。

的確，放著不管的話，她大概又會惹出什麼麻煩吧。

於是我請惠惠看好阿克婭，便和其他人先朝著旅店前進。

2

「歡迎光臨！老闆已經吩咐過我們了！請各位好好休息！」

來到住宿券上寫的旅店，我們受到熱烈歡迎。

但是，那個商隊是因為我們才會受到怪物襲擊，所以我心裡還是有點難受。

不過這不愧是這個城鎮最大的旅店，整個格局相當氣派。

應該說，這裡根本是可以招待貴族的等級了吧。

說到溫泉城鎮的旅店，我原本還以為會是類似日式旅館的感覺，但是真要說起來，這棟建築物比較像是西式的飯店吧。

據說，這個旅店連接的是鎮上數一數二的溫泉。

旅館員工迎接了我們之後，便自動自發地將我們的行李搬到房間去了。

讓維茲在房間裡躺著休息，卸下沉重的裝備並放下行李之後，第一次來到阿克賽爾以外的城鎮的我，立刻決定出門觀光。

我交代了旅店的員工，請他們在維茲醒來的時候告訴她我們出門了。

雖然有點擔心她，不過就算是我一直看著她的睡臉，也沒辦法讓她好起來。

在旅店裡的重頭戲，是要到傍晚，人變得更多的時候才會開始。

「達克妮絲，妳打算怎麼辦？難得出門來玩，我打算在外面晃到晚餐時間。」

「嗯，那我也去好了。對於阿克賽爾以外的城鎮，我也不太熟悉。」

一身輕便的達克妮絲帶著笑容這麼說。

放下行李也沒了負擔的我，決定和達克妮絲一起到鎮上閒晃。

——不愧是一大觀光地區，在這個城鎮做生意的人，拉攏客人的行為都相當驚人。

正確說來，簡直就像是在打仗一樣。

當我們腳步停在某間店前面的時候，突然就有道聲音對我們說：

「兩位客人，在那種低俗的店家買東西，人家會質疑你們的品格喔。兩位高貴的客人，就應該買我們精靈族以純天然素材製作的阿爾坎甜饅頭。請到我們店裡來看看吧。」

這麼對我們說話的……

是個耳朵尖長，留著一頭綠髮，而且肌膚白皙的俊美男子。

沒錯，是個精靈。

「喂，裝什麼高尚啊，你這個混帳！東西又不是貴就一定好！客官，還是買咱矮人族特製的肉包子吧！肉汁豐富又能久放，是很划算的伴手禮喔！」

而如此怒罵那個精靈的，是我正在看的那間店的老闆。

那個老闆的身高只到我的胸口上下，體型寬胖，還蓄著一大把濃密的鬍鬚。

真是典型的矮人啊。

「精靈……！還有矮人……！喂，和真，是精靈和矮人耶！他們的外型長得和我小時候聽過的一模一樣！」

「喔喔，精靈果然很俊美啊！然後矮人看起來也很頑固！」

達克妮絲像個小孩子一樣興奮，而我也附和著她。

撇開在這種地方做生意這一點，他們或許算是我來到這個世界之後，第一次遇見的奇幻存在了吧。

高貴、優雅，又俊美的精靈。

口無遮攔又頑固，還蓄著一把大鬍子的矮人。

看著這兩位老闆，我甚至覺得有點感動。

我之前也曾遠距離看見過精靈和矮人，但是像這樣面對面談話，還是頭一遭。

兩眼發亮的我來回看著他們兩位，然而我對異世界的憧憬眼光，看在他們眼中，似乎有了一番不同的解讀。

「你看，你害得客人這麼傷腦筋。他明明就想看我店裡的商品，卻因為你的施壓，害得他如此為難。退下吧，低俗的矮人。」

「聽你在放屁！這個客官是想看咱的商品，卻被你纏上了才會這麼困擾啊！客人要買的是咱店裡的東西！快滾回去，病懨懨的精靈！」

看見他們兩個突然開始吵架，我慌張了起來。

這麼說來，我好像聽說過精靈和矮人的關係很差。

「等等，兩位都別吵了！這樣好了，我們都買！你們店裡的商品，我們都買就是了！」

聽我這麼說，他們兩位便立刻不再爭吵，並同時露出笑容。

「「感謝惠顧──！」」

「──和真，精靈和矮人的關係不好果然是真的！和小時候爸爸唸給我聽的書本裡，寫的故事一樣耶！」

離開了紀念品店的我，聽著兩眼發亮的達克妮絲興奮地這麼說。

雖然算是被迫買了伴手禮，但是看見了有趣的一幕也還不錯。

至於那些被迫買下的伴手禮，則是達克妮絲喜孜孜地背著的大量甜饅頭和肉包子。

她似乎是打算在回到阿克賽爾之後，分給她的父親和傭人們。

因為她之前從來都沒有出外旅行過，所以很想帶些土產回去。

「的確，簡直就是精靈和矮人的典型……話說回來，還真是失算啊。跟他們買東西的時候，應該順便問一下這個城鎮的觀光景點才對。」

我們完全不知道關於這個城鎮的任何事情，因此根本不知道到底該去哪裡。

於是，我要達克妮絲在原地等我，自己折回剛才的紀念品店。

但是，那兩位老闆都不在。

大概是去休息了吧？

我探頭看了一下店裡，聽見內場傳出有人在說話的聲音。

沒錯，這是剛才那個精靈的聲音。

……不，等一下，還有那個矮人的聲音。

喂，難不成……？

「喂，你們別吵……！」

我以為他們在內場又繼續吵了起來，於是衝了進去……！

「啊，客人。這裡是我們的休息室耶，你這樣闖進來，我們很傷腦筋喔。」

剛才文質彬彬的語氣已不復在，那個精靈以輕浮的口吻這麼說。

……不對，那個精靈……是精靈嗎？

或許是察覺到我的眼神了吧，那位精靈（？）老闆拉了拉自己的耳朵說：

「喔喔，你是在懷疑這個吧？啊，先說好，我真的是精靈喔！可不是什麼冒牌貨。」

該怎麼說呢，就是……他的耳朵是圓的。

他的耳朵和我們人類沒什麼兩樣，毫無特色。

而且，他和矮人一起盤腿坐在地上，腿上還放著一對假耳朵。

……順道一提，那個矮人也拆下了他的大鬍子，摸著光溜溜的下巴。

「呃……請問這是怎麼回事？」

我茫然地這麼說，讓精靈（？）和矮人（？）互看了一眼。

「沒有啦，如果是在森林裡生活的精靈，就不會和人類來往，耳朵也還是尖長的。你看，像我們這樣和人類一起生活的話，總是難免會混到一點人類的血緣嘛。如此一來，耳朵也就會變圓啦。然後，只要告訴客人我是精靈，他們就會嚇一跳，但也都會很失望啊，說我和他們印象中的精靈差很多。既然如此，我只好這樣維持精靈的形象囉。」

精靈這麼說。

……竟有此事。不，的確，我剛才也相當失望就是了。

見狀，矮人也開了口：

「至於我的狀況，有一部分是衛生方面的問題啦。我在紀念品店只做到傍晚。然後，晚上和清晨還得幫住宿的客人煮飯什麼的，要是留了一臉鬍子還幫人家煮飯的話，要是有客人抗議鬍子掉進食物裡，也很傷腦筋……啊，你該不會是以為我們又吵起來了吧？不好意思，剛才的吵架，其實是我們每次都會表演的戲碼啦。坊間不是有奇怪的傳聞，說精靈和矮人的關係不好嗎？所以我們才想說來順水推舟一下。」

聽說在非洲的觀光勝地，當地人們都只有在觀光客出現的時候才會拿起長矛之類的東西，等到客人走掉了，就會開始滑起手機。大概就像那種感覺吧。

是我自己太笨，怎麼會想要在這個世界尋求奇幻要素呢？

見我變得垂頭喪氣，他們兩位立刻露出歉疚的表情說：

「呃……不好意思喔，是不是破壞你的夢想了？」

「客人，刻板印象是不對的喔！在這個世界上有手腳笨拙的矮人，也有不擅長使用弓箭的精靈啊。」

「喂喂，你現在是在說我們自己嗎？」

說著，兩人便相視而笑。

……這個世界真的很討厭。

我的夢想又破滅了一個，不過這也是無可奈何。而現在，還有比起這個更重要的事情。

「也罷。事到如今，我也不會說要退貨啦。是說，這個城鎮有沒有什麼特別推薦的觀光勝地啊？我其實是要回來問你們這件事的。」

聽我這麼說，兩人互看了一眼。

「觀光勝地啊……這個嘛，如果是前一陣子的話，是還有個我超推的溫泉啦……」

「是啊，如果你早點來的話就好了……」

「咦……？溫泉不是到處都有嗎？這裡可是溫泉城鎮耶。」

對於我的疑問，精靈豎起食指搖了搖。

「本來有個年輕女生很喜歡的混浴啊。」

「真的假的？」

我忍不住整個人都湊上前去，這時矮人說：

「當然是真的。去那裡原本是我們下工之後的最大樂趣呢。」

……那麼美妙的溫泉，為什麼現在不能泡了？

或許是從我的表情當中看出這樣的疑問吧，精靈接著說：

「其實是這樣的。最近這陣子，有好幾個溫泉的水質都變差啦。」

……溫泉的水質變差？

「就是這樣。有客人泡了某些溫泉之後，肌膚開始出現起了紅疹，或是身體不適等等的症狀……嚴重的甚至還有人因此昏迷。雖然有找來了調查溫泉品質的專家，但到目前為止，都還沒有查明是什麼原因啊……」

……看著一臉凝重的矮人。

我冒出一種預感，覺得自己好像又會被捲進棘手的事件當中。

「──結果怎樣？有沒有什麼推薦的觀光勝地？」

回到達克妮絲身邊之後，我才想起剛才調頭是去幹嘛的。

聽見有個混浴勝地，害我忘記了最原本的目的。

「總、總之，我們就先到處走走吧。」

面對歪頭不解的達克妮絲，我如此提議。

3

──一面和達克妮絲一起在鎮上晃來晃去，我拿著剛才隨便從路邊攤買來的串燒，一面四處張望著。

渠道在鎮上到處錯綜，街景看起來相當整潔。

光看眼前的景觀的話，感覺是個很適合居住的地方。

……這時，前方出現了一名抱著沉重的東西，走起路來搖搖晃晃的年輕女子。

我下意識讓出路來，準備和達克妮絲一起從她身邊走過，就在這個時候……

「呀啊！怎麼辦，我特地買的蘋果……！」

正當我經過那個女生身邊的時候，她一時腳步不穩，購物袋裡的東西就全撒了出來。

她連忙撿起掉到地上的蘋果，迅速裝回袋子裡。

我和達克妮絲也一起幫她撿蘋果……

「真是太感謝你們了！多虧了兩位的幫忙！請讓我好好答謝你們吧……！」

說著，那個女生就把剛才緊緊抱著的購物袋隨手放到路邊，挽起了我的手。

這是怎樣，感覺好像某種旗標……！

就在這種酸酸甜甜的感覺讓我有點期待的時候，那個人說：

「前面有間阿克西斯教團經營的咖啡店，能不能和我到那裡去好好聊聊呢？」

「……敬謝不敏。」

我和達克妮絲立刻準備閃人，但那個女生卻一把抓住我和達克妮絲的披風說：

「請等一下，別這麼說嘛。其實我很擅長占卜，不如就讓我為你們占卜當作謝禮吧？」

「敬、敬謝不敏……等等，真的不用啦，放手……妳放手啦！」

我好不容易甩開她抓住我的披風的手正想要設法逃跑，那個女生卻又抱住了我的腰。

「占卜有結果了！再這樣下去你會遭逢不幸！可是，只要加入阿克西斯教，就可以避過那個不幸喔！入教吧！這種時候還是入教為佳啊！」

「我現在就已經遭逢不幸了啦！喂，快放開！達克妮絲，救命啊！」

達克妮絲輕輕抓住抱住我腰部的那個女生的手。

然後，她從胸口拿出一個小型護身符，遞到那個女生的眼前。

那肯定是能夠顯示她是艾莉絲教徒的信物吧。

大概就像在地球上，十字架能夠顯示自己是基督教徒一樣。

「抱歉，我是艾莉絲教的信眾。如果妳想招攬那個男人，得先問過我……」

「呸！」

那個女生朝馬路上吐了口水。

然後，她默默放開我的腰部，撿起購物袋，快步遠離我們。

就在這位之前從未曾遭受如此嚴苛對待的大小姐，身子僵直在原地的時候，那個女生又轉過頭來瞟了我們一眼……

「……呸！」

然後再次朝馬路上吐了口水，接著直接快步跑走了。

這是怎樣……

「喂，達克妮絲，該怎麼說呢……阿克西斯教和艾莉絲教的關係好像不是很好，妳還是把那個護身符收起來吧……剛、剛才的事情，妳就別放在心上了……」

見達克妮絲依然僵在原地，我試圖安撫她。

「……嗯……！」

這時，她輕輕呻吟了一聲，還抖了一下。

…………

「……妳這個傢伙，覺得有點興奮對吧。」

「……才沒有。」

——我和達克妮絲走在一條沒什麼人煙的路上。這時，一個身材魁梧，長相凶悍的男人，和一個還滿可愛的女孩，出現在我們面前。

「呀啊啊啊！救命啊！不好意思，那位先生，請你救救我吧！那個看起來就很凶惡，疑似艾莉絲教徒的男人，打算對我來硬的，想把我拖到暗巷去……！」

「嘿嘿，喂，那位小兄弟！你不是阿克西斯教徒對吧？哈！如果你是強大又帥氣的阿克西斯教徒，我就會嚇到逃跑了，但既然你不是，那我就不用客氣啦！我可是受到暗黑神艾莉絲的庇佑，如果你打算來礙事，我可不會輕饒！」

「啊啊，怎麼會這樣！正好我手邊有一張阿克西斯教團的入教申請書！只要有人願意在這張申請書上面簽名，這個邪惡的艾莉絲教徒就會逃跑了說！」

…………

我決定假裝沒看到，準備直接快步離開。就在這個時候……

「啊啊，那位先生可別見死不救啊！放心吧，只要在這張申請書上簽名，阿克婭女神就會賜予你稀奇古怪的超級力量，讓你變得又強大又帥氣喔！如此一來，想必這個艾莉絲教徒也會因為害怕那股力量而逃跑吧！」

「沒錯沒錯！而且入教之後還會得到各種奇妙的好處，像是會變成才藝達人，或是容易受到不死怪物喜愛等等！」

面對這樣的兩人，達克妮絲又亮出那個護身符說：

「如你們所見，我是艾莉絲教徒。竟敢在我面前稱艾莉絲女神為暗黑神……」

「「呸！」」

達克妮絲的話還沒說完，少女和男子便朝馬路上吐了口水，接著就轉身離去。

……阿克西斯教徒都這樣是吧。

這時，達克妮絲又不發一語地僵在原地一陣子之後，抖了一下身子。

……艾莉絲教徒該不會也都和這個傢伙一樣吧。

——後來也是。

「恭喜中獎！您是走過這條大道的第一百萬位路人！因此，我們將致贈紀念品給您，而這紀念品其實是由阿克西斯教團所贊助的！所以，為了領取紀念品，這邊有份簡單的文件，方便的話要麻煩您填寫一下。只是借用您的名字，在形式上入教而已喔。」

我立刻帶著達克妮絲向後轉，離開原本想要走的那條大馬路。

「……哎呀？哎呀哎呀？好久不見啊——！是我啦，是我啦！最近還好嗎？是我啦，我們讀同一間學校！同年級！同一班的啊！你不記得我啦？加入阿克西斯教之後我變了很多，大概是因為這樣，你才會認不出來吧——！」

我既沒有上過這個世界的學校，也沒有半個親密到會這樣跟我說話的女生朋友，所以不發一語，而且毫無反應地走過她身邊。

「……這個城鎮是怎樣啊？應該說，阿克西斯教團到底是怎樣啦？」

甩開阿克西斯教的教徒之後，身心俱疲的我，和達克妮絲一起在露天咖啡座稍事休息。

坐在對面的達克妮絲，因為掛在脖子上的艾莉絲教徒護身符而遭受到各種欺侮。她的臉頰依然泛紅。

我則是趴在桌子上休息。這時，女服務生端了我們點的東西過來。

女服務生將餐盤放在桌上，並附上飲料。

於是我坐了起來，準備吃東西……

「啊，這位客人是艾莉絲教徒吧。本店為您準備了特別招待的菜餚喔。」

這時端來餐點的那個女服務生，在達克妮絲腳邊擺了一樣東西。

……是裝在餐盤裡的狗飼料。

「請慢用——」

女服務生露出笑咪咪的表情，完美地鞠了躬之後，就轉身離去。

達克妮絲紅著臉，整個人抖了一下。

「……吶，和真。我們大家搬來這個城鎮住吧，如何？」

「……絕對不要。」

吃完東西之後，我離座起身，帶著臉頰泛紅，整個人發暈的達克妮絲，準備回去旅店。

該怎麼說呢，這個城鎮在各種方面來說，都有夠奇怪。

……這時，就在我們準備回去的時候，有個小女孩從我們眼前跑過去。

年紀大概十歲上下吧。

那個小女孩，突然在我們眼前跌了一跤。

我和達克妮絲連忙跑向她，只見那個小女孩忍著一副很痛的模樣，卻還是說：

「謝……謝謝你們，大哥哥、大姊姊。」

然後露出可愛的笑容。

我略嫌不悅的心立刻得到了撫慰。

「妳還好嗎？走路要小心喔。來，站得起來嗎？」

說著，我朝小女孩伸出手，她便開心地反握住，並露出靦腆一笑。

這種天真無邪的笑容，真的很有療癒效果呢。

「嗯，我沒事了！謝謝你！吶……親切的大哥哥，你叫什麼名字？」

「我叫和真喔，佐藤和真。這個看起來很凶的大姊姊是達克妮絲。」

達克妮絲聽了，在我的太陽穴上輕輕敲了一下。

聽我這麼說，小女孩拿出了一張紙和一支筆說：

「佐藤和真？是要怎麼寫啊？大哥哥，寫給我看！」

「好啊，我的名字是這樣寫…………」

正當我接過紙筆，準備寫名字的時候，紙上寫著的幾個文字映入我的眼中。

「阿克西斯教團入教申請書」

「寫妳個鬼啦啊啊啊啊——！」

「大哥哥——！」

我一把就將那張紙撕成兩半。

4

阿克西斯教。

光芒不及被奉為國教的艾莉絲教，在這個城鎮以外的地方是個非常小眾的宗教。

但是其存在感相當驚人，甚至有人說，如果在外旅行的時候碰上強盜的話，只要說自己是阿克西斯教徒，或許就可以嚇住強盜，而逃過一劫。

人們就是如此害怕阿克西斯教徒。

據說，就連魔王軍也不願靠近阿克西斯教徒。

——而我現在……

「喂！負責人給我滾出來！我要好好教訓你！」

來到阿克西斯教的本部，闖進教堂破口大罵。

「哎呀？怎麼了嗎？要入教呢？要受洗呢？還是要我呢？」

教堂裡面，只有一個女性教徒正在掃地。

除了那個向我打招呼的女性教徒以外，裡面沒有任何人。

「要、要妳……是怎樣……」

「幹嘛一副有點害羞的樣子，我當然是在開玩笑啊。面對初次見面的女生，您在認真什麼啊？您的腦袋要不要緊啊？」

怎麼辦，我好想一拳揍飛這個阿克西斯教徒。

「請問您有何貴幹？以最高神官傑斯塔大人為首，其他的信眾現在都在外玩著名為傳教活動的遊戲……不對，是出去宣揚阿克婭女神之名了，教堂裡沒有人在。如果您是來找人，麻煩請擇日再訪……」

「喂，妳剛才說了非常不得了的事情對吧？你們做那種找人麻煩的事情竟然有一半是為了好玩嗎！……算了，有沒有一個戴了眼罩的魔法師女孩，和一個一頭水藍色頭髮的大祭司來你們這裡？她們是我的同伴。」

那個女教徒一面拿掃把掃地，一面說：

「哎呀，原來您是那位小姐的同伴啊。如果要找您的同伴，她們兩位都在後堂喔。」

後堂？她們兩個跑進去那種地方做什麼？

女教徒歪著頭說：

「是說和您一起來的那位……在那邊被孩子們丟石頭的那位小姐，不理她沒關係嗎？」

「咦？……啊啊！喂——你們這些死小鬼在幹什麼！快滾快滾，噓、噓！」

一群小孩在教堂的大門前包圍著達克妮絲，拿石頭丟她，害她抱著頭蹲了下去。

我連忙趕跑那些小孩之後……

「和、和真……這個城鎮在各種方面的水準都好高啊……所有人都對我群起而攻，就連婦孺都不放過我……！我的身體都快要撐不住了……！」

「夠了，妳不准再上街了，有夠麻煩。還有，乖乖把那個艾莉絲教的護身符收起來。」

「我拒絕。」

帶著這個講不聽的艾莉絲教徒，我再次回到教堂裡面。

回到教堂之後，剛才那個女教徒看向教堂裡的一個小房間。

那個小房間就位在教堂入口旁。

原來如此，那應該是所謂的告解室吧。

「您的同伴之一在那裡。現在，本教會的祭司們都出門去了，所以我麻煩那位大祭司負責聽取告解的工作。」

由女神本尊親自聽取告解也太誇張了吧。

「和真，我去找惠惠，阿克婭就交給你了。」

說著，達克妮絲便走向後堂。

……但是，當她經過正在掃地的女教徒的那一剎那，女教徒以手上的掃把將掃成一堆的垃圾掃向達克妮絲。

腳邊堆滿灰塵的達克妮絲，立刻紅著臉停下腳步。

「哎呀真抱歉，誰教我看見艾莉絲教的護身符，還誤以為是垃圾呢。真是不好意思。」

「……沒、沒關係……！」

沒用的艾莉絲教徒像是在忍耐什麼一樣不停顫抖，最後擠出一個小小的聲音如此回答，之後便直接走向後堂去了。

目送她離開之後，我也不想再和這位女教徒有什麼牽扯，所以走向告解室。

我原本打算進去裡面，但門從另一邊上了鎖。

敲門也沒有反應。

她睡著了嗎？

在無可奈何之下，我只好從告解的人用的門走了進去。

才剛走進告解室，我就聽見……

「歡迎你，迷途的羔羊啊……來，說出你犯了什麼罪吧。神明聽了你的懺悔，必定會赦免你的罪……」

被告解室的氣氛同化，完全入戲的阿克婭這麼說。

看來聽了幾個人告解之後，這個傢伙已經玩開了吧。

中間的隔板讓我看不見她的表情，不過想必是樂在其中。

「誰跟妳羔羊啊，是我啦，是我。喂，這個城鎮是怎樣啊，待到現在我都開始頭痛了。就連想好好觀光都沒有辦法，他們不是妳的信眾嗎，想辦法處理一下好不好。」

我這番話讓阿克婭瞬間沉默了一下，然後……

「原來如此，你是詐騙電話的慣犯啊……深深反省你的罪吧。如此一來，慈悲為懷的女神阿克婭必定會赦免你的罪……」

「喂，就跟妳說是我了，裝什麼傻啊。怎麼，妳玩得有點開心是不是？做了點比較有祭司風範的事情，讓妳有點高興對吧。」

聽我這麼說，阿克婭再次安靜了一下。

「還有什麼要告解的事情嗎？沒有的話請離開這個房間，再次積極正向地度日……」

「混帳，別再玩了，好好聽我說啦。妳現在是這個城鎮拜的神的大祭司耶，只要給那些信眾一些指示，立刻就可以解決這個問題了吧。叫他們收斂一點好嗎？」

阿克婭聽了依然是無言以對……

「看來你已經沒有要懺悔的事情了……那麼，我要在此等待下一個迷途的羔羊……好了，請離開吧。」

「不，妳在說什麼啊……！我才要叫妳離開這個房間……」

「快出去啦！告解完了就趕快出去！」

這個笨蛋，八成是因為聽取告解而得到信眾的感謝，覺得很開心吧。

這個傢伙為什麼就這麼容易受到影響啊？

…………

我重新坐回椅子上，壓低聲音裝出一副深切反省的態度說：

「……其實，我想在這裡坦白一件事，祭司大人。」

「我聽，我聽就是！好了，坦白說出你犯的罪，為此懺悔吧。是對和你一起行動的十字騎士穿過的衣物非常感興趣呢？或是看著那個魔法師潤澤滑順的黑髮就有種衝動想把鼻子湊上去呢？還是身為一個藹居族卻不知分寸地對那位尊爵不凡的美麗祭司懷有非分之想呢？」

阿克婭興高采烈地這麼說，而我以堅定的語氣告訴她：

「和我一起行動的祭司最寶貝的那個宴會才藝專用的杯子被我不小心摔破了，所以我用飯粒黏回原本的形狀之後，偷偷放了回去。」

「什……！」

「……還有，因為她一直得意地炫耀自己買到很難買的好酒，害我心想是不是真的那麼好喝而產生了興趣，所以偷喝了一下……原本只想喝一口，沒想到卻是出乎意料的好喝，結果全都被我喝掉了。於是我心想反正她大概也喝不出來，就裝了便宜的酒進去混充。」

「啥！你說什麼？吶，和真，你這是在說什麼！」

我繼續告解：

「……而那個祭司實在引發太多問題了……所以我在來到這個城鎮之前，去了一趟冒險者公會，在募集隊員的公布欄上，張貼了招募艾莉絲教祭司的傳單……」

「哇啊啊啊啊——！你這個叛教者，嘗嘗天譴的滋味吧！」

阿克婭猛然掀開告解室的隔板，和我扭打了起來——！

「——真是的，妳該冷靜下來了吧，剛才我只是在鬼扯啦。別說這個了，我和達克妮絲被妳那些腦袋有問題的信眾搞得很煩，都沒辦法好好觀光。請妳管好自己的信眾可以嗎？」

阿克婭一直窩在聽取告解那一方的隔間裡。

而好不容易讓不停哭鬧的阿克婭安靜下來的我，現在也和阿克婭待在同一個隔間裡。

「我也沒辦法啊，我今天也是第一次真正遇見自己的信眾好嗎……話說回來，招募新祭司真的只是在鬼扯嗎？」

「前兩個姑且不論，最後一個真的是鬼扯的啦。」

「等一下，你剛才說前兩個姑且不論是什麼意思？」

……這時，突然有人敲了告解室的門。

喂，真的假的，有人要來告解喔。

話說回來，我又不是祭司，待在這裡不太好吧。

門應聲開啟，接著又響起有人走進來的聲音。

我默不作聲地戳了一下坐在身邊的阿克婭，指了指自己和地板，然後歪了一下頭。

『我，待在這裡，沒問題嗎？』

我是以肢體語言表達這個意思，但阿克婭卻一臉認真地交疊手指，然後以眼神示意，要我看向告解室的角落。

我順著她的眼神看過去，只見她以交疊的手指的影子呈現出某樣東西。完成度之高讓人一眼就看得出那是毀滅者，就連腳部的動作也維妙維肖……！

不對，這個笨蛋根本就不知道我要表達什麼嘛！

「歡迎你，迷途的羔羊啊……來，說出你犯了什麼罪吧。神明聽了你的懺悔，必定會赦免你的罪。」

我還來不及離開告解室，對我秀過手影的阿克婭似乎已經心滿意足，便輕聲對前來告解的人這麼說。

喂……！

「啊啊……祭司，請聽我說！我是長久以來一直崇拜阿克婭女神的阿克西斯教徒。然而……！艾莉絲女神的畫像當中，那對豐滿的胸部……！一直不斷在誘惑我！那對胸部是惡魔的胸部！啊啊……神啊，請赦免受到其他女神所引誘，罪孽深重的我吧……！」

怎麼辦，我好想立刻甩那個來告解的人一巴掌，叫他不要來告解這種無聊的事情。

但是，阿克婭帶著極度認真的表情，以非常正經嚴肅的語氣溫柔地說：

「請放心，神會赦免一切。汝，要愛巨乳，汝，要愛貧乳；阿克西斯教的教義是容許一切。即使是同性戀者，即使是喜好非人獸耳少女者，即使是蘿莉控，即使是尼特；如果對象並非不死者或惡魔少女，只要有愛且不犯法，全都可以得到赦免。」

阿克婭在說到「即使是尼特」的時候還偷偷看了我一眼，讓我有點耿耿於懷。

「喔喔……喔喔喔喔……」

前來懺悔的那個人好像相當感動，聲音都顫抖了起來。

從他的聲音聽起來，說不定還在哭呢。

「汝，虔誠的教徒啊。為了不再受到惡魔所誘惑，記住這句咒語吧。『艾莉絲的胸部是墊出來的』。今後若是你的心又受到誘惑，就記得詠唱這句咒語。若是遇見其他受到誘惑的人，告訴他們這句咒語也是好事一樁。」

「艾莉絲的胸部是墊出來的……我、我覺得好像瞬間清醒過來了！感謝祭司傳授我如此神奇的咒語，十分受用！」

前來告解的人道了謝之後，便離開了。

「……喂，阿克婭，竟然誣衊妳的女神後輩，身為女神，妳這樣可以嗎？」

「你在說什麼啊，對神祇而言，信眾人數和信仰之心是非常重要的喔！因為那些會直接換算成我們的神力。艾莉絲的信眾是很多，而我的信眾雖然人數少，信仰之心卻相當強烈。為了保護那些可愛的信眾，要我做什麼都可以。」

妳、妳這個傢伙……

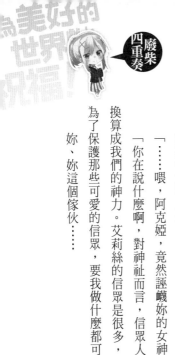

——走出告解室時，達克妮絲正好帶著一臉疲憊，且有氣無力的惠惠來到我們身邊。

「和真……你來接我了啊……」

「喂，到底發生了什麼事。妳的臉色很不好耶。」

聽我這麼說，惠惠輕輕地搖了搖頭之後說：

「這裡是魔域。快走，我們快點回去，我想盡快離開這裡。」

「到、到底發生什麼事了啊？」

我好奇地這麼問，但惠惠依然不願意回答。

不過，惠惠全身上下的每一個口袋都被塞滿了大量的入教申請書。光是如此，就已經道盡了之前是發生了什麼事情。

「大祭司小姐，您要回去了嗎？既然如此，要不要先去泡一下本教堂最引以為傲的溫泉再走呢？那是阿克西斯教團最大的財源，也是這個城鎮最棒的溫泉，功效非常出色喔。」

獨自留守的那位女性教徒挽留了準備和我們一起回去的阿克婭。

「哎呀，好像不錯嘛。你們呢，要一起去泡嗎？」

「我想盡快回去旅店，想回去好好休息……應該說，不知道為什麼，點仔好像很怕待在這個教堂裡面。這個孩子是不是討厭教堂啊？」

「我也直接回去好了，否則等到其他阿克西斯教徒回來不知道會碰上何種待遇。今天我已經心滿意足了。」

惠惠和達克妮絲如此表示之後，一直盯著還沒表態的我看。

大概是想知道我怎麼決定吧。

「這裡的溫泉是混浴嗎？」

「在神聖的教堂裡說出那種不道德的話是會遭天譴的喔。」

……聽女性教徒那麼說，我也決定回去了。

5

回到旅店後，我看見的是已經復原的維茲悠閒地待在房裡，身體看起來暖呼呼的樣子。

「啊，你們回來啦！不好意思，讓你們擔心了。我先去泡過澡了喔，工作人員告訴我混浴那邊比較寬敞我就去了。真的很寬敞又都沒有人，感覺就像是一個人包場一樣呢。」

……混浴那邊非常寬敞？

…………咦？她整個人看起來暖呼呼的，又說先去泡過澡了，也就是說……

等一下，要是沒有被阿克婭的白痴告解絆住的話，現在說不定……！

就會偶然
在混浴——
呀……！
和真先生……？
ばッ
抱、抱歉！
しゃっ
不會……
因為這裡是混浴，
沒關係……！
カァ…
那、那我就……
泡進

安——靜…
……那個……
畢竟機會難得，不如就來洗個背——
！！
交給我吧！
包在我身上，我保證幫妳洗得超乾淨！
咦！不、不是這樣……
呀啊！不是啦！我的意思不是要你幫我洗背啦——！
哇——！

「對了，各位的觀光行程還好玩……和真先生？怎麼了嗎？」

「啊哇哇哇，要是早十分鐘回來，不，五分鐘也好……沒沒、沒什麼啦！應……應該說，也沒什麼好不好玩的……我明天不想走出旅店了，這個城鎮在各種方面都有夠奇怪。」

「阿克西斯教徒好可怕，我終於了解大家為何會像是害怕紅魔族一樣害怕他們了。」

就在我和惠惠疲憊不堪地這麼說的時候，達克妮絲說：

「我……我明天也出門觀光好了……」

「妳、妳這個傢伙……算了，隨妳高興吧。我先去洗澡。」

唯有達克妮絲好像愛上了這個城鎮，而受不了她的我站了起來。

我想回自己的房間拿內衣褲。

隊上的男性只有我，所以只有我一個人自己住單人房。

在離開房間之前，我轉頭看向大家。

「……我先去洗澡喔。」

「聽到了啦，去好好泡個澡吧。」

「我已經先去泡過澡了，和真先生也去享受一下吧。」

惠惠和維茲如此回答。

我看向達克妮絲，又說了一次：

「…………我先去……」

「快去啦你。」

達克妮絲冷冷地這麼說。

——離開大家的房間之後，我先回去拿了內衣褲，然後來到這間旅店的溫泉。

沒有任何人跟來是讓我覺得有點落寞，不過我一開始就沒有期待過她們。

沒錯，接下來才是今天的重頭戲。

從右邊到左邊，分別是男湯、混浴、女湯。

我毫不猶豫，順從本能，走向正中間。

既然都寫了是混浴，我也不需要害羞，走進去就對了。

走進更衣間之後，我發現已經有裝著衣服的籃子了。

也就是說，已經有人在裡面泡澡了。

冷靜一點，冷靜一點啊我。在裡面的又不見得是年輕女生。

我一面安撫自己，一面有點忐忑不安地脫了衣服，直接走向浴場。

……這時，浴場裡面傳出說話的聲音。

「如此一來，這個可恨的教團也完蛋了。在祕湯進行的破壞行動已經完成。目前，其他溫泉也都進行得相當順利。如果全都依照計畫完成的話，之後只要等待即可。對於擁有長久壽命的我們而言，等個十年、二十年也不算什麼。」

簡直就像是漫畫、電影裡面經常出現的壞蛋一樣。

裡面傳出的這道男性的聲音，說著這種「我就是在做壞事」一般的台詞——

6

剛才，他好像說「這個可恨的教團也完蛋了」還是怎樣的。

我想，他指的應該是阿克西斯教團才對。

然後，他接著又這麼說。

對於擁有長久壽命的我們而言，等個十年、二十年也不算什麼。

光是聽見這句話，就知道是某個非人類的傢伙，正試圖推動打垮阿克西斯教團的詭計。

……我就直說了吧，我一點也不想再被捲進任何麻煩當中了。

而且，我還有這麼一個想法。

阿克西斯教團什麼的，早該滅亡了。

幸好，雖然我沒有使用潛伏技能，但對方似乎還沒察覺到我的存在。

我決定假裝什麼都沒聽到，趁自己在被捲入麻煩的事件當中之前先逃離這裡，而再次穿上剛脫下的衣服……

「漢斯，你不需要逐一向我報告那種事情喔。我已經告訴過你好幾次了，我是來這個地方進行溫泉療法的，希望你不要把我牽扯進去。」

卻因為聽見這道女性的聲音，而立刻脫光穿到一半的衣服。

「喂，別這麼說嘛，沃芭克。正面進攻根本就對這個教團沒轍，但這招可以擊潰他們耶。我還會來找妳定期報告的，所以妳就繼續待在這間旅店，進行妳的溫泉療法吧。」

我在腰際圍好毛巾之後，便大步走到拉門前面，毫無預警地猛然拉開門。

「「唔！」」

突然敞開的門與開門聲，讓裡面的兩人嚇了一跳。

待在浴場裡的是一男一女。

男的沒進浴池裡泡溫泉，而是在腰際圍著毛巾，在女子的身邊單膝跪著。

肌肉發達、身材高大，留著一頭棕髮並剪成小平頭的那名男子，一臉驚訝地看著我。

他就是在做壞事的那個吧。

但是，我一點也不在意這件事。

我看向另外一個人，是個臉色看來有點緊張，身體泡在浴池裡的女子。

我看見的，是個一頭紅色短髮的大姊姊。

一對讓人聯想到貓科動物的黃色眼睛相當有特色，是個身材相當不錯的巨乳美女。

正當我忍不住盯著那個大姊姊一直看的時候，旁邊那個男的輕聲說：

（該不會被他聽到了吧……？）

（我也不知道……不過，他一直盯著我看呢……）

聽見他們兩個交頭接耳的低語聲，我赫然回過神來。

這可不行，儘管是混浴，一直盯著女生看也是違反禮節。

我裝出一臉毫不知情的表情，大大方方地走進浴場，來到洗浴區準備洗身體。

在兩人的注視之下，我開始洗身體。

……過程中，我一直忍不住偷瞄那位大姊姊。

這也是無可奈何的事情，身為一個正值青春期的健全男生，會這樣也是理所當然。

（……他一直在看我耶，這是怎麼回事啊……）

（……嗯，這個嘛……看來他應該是沒聽見我們在說什麼。那不是懷疑的眼神，而是好奇的視線。）

不知道是不是我多心了，聽男子這麼說完，浴池裡的大姊姊好像把身體泡得比剛才還要更深了一些。

竟敢多嘴……！

洗完身體之後，我從距離兩人稍遠處走進浴池。

我又沒做什麼虧心事。

即使聽見了他想要做壞事的計畫，我也沒必要偷偷摸摸地顧慮他。

然後，混浴就是會不小心看見一起泡的人的身體，那我這樣也不算是在做壞事。

所以，我決定大大方方地盯著看。

（你看，你、你看他啦……）

（總、總比讓他起疑心好多了吧，我接下來還有工作要處理，先走了！）

說著，男子連忙離去。

……無意間，我注意到男子的身體完全沒濕。

無論是想做壞事還是怎樣都好，泡一下澡也不會怎樣吧。

還是說，他有什麼不能泡進浴池的理由嗎？

……不對，我今天是來進行溫泉療法的。

無論他們是誰，又或是有什麼企圖，都不關我的事。

在那個名叫漢斯的男子離開之後，浴場裡的氣氛變得有點尷尬。

怎麼辦，我開始緊張起來了。

在兩人獨處的狀況下，害我都不好意思繼續盯著她看了。

我在浴池裡伸展身體之後，沉沉地吐了口氣。

「……那個，你看起來好像不是這個城鎮的居民吧。你是來這裡旅行的嗎？」

那位大姊姊突然對我搭話。

看來這種氣氛也讓她悶到受不了了吧。

「要說是旅行也算是吧。我是和同伴一起來這裡進行溫泉療法的。」

聽我這麼說，大姊姊輕輕地「哦——」了一聲。

「還真巧啊……我也正在進行溫泉療法呢。不過，你看起來這麼年輕卻需要進行溫泉療法，是怎麼了呢？受了什麼傷嗎？」

「是啊，或許妳看不出來，不過我的職業是冒險者。我和強大的敵人展開死鬥，最後脖子受了重傷，也就是所謂的榮譽負傷啦。」

聽我這麼說完，她咯咯笑了幾聲。

「我則是在和自己的半身戰鬥的時候，沒能完全奪回力量，所以為了恢復原本的力量，才會像這樣進行溫泉療法。」

然後半開玩笑地這麼說。

「又是自己的半身、又是恢復原本的力量之類，要是和我同行的魔法師聽見妳說的話，應該會很開心吧。」

「呵呵呵！和你同行的魔法師，難不成是紅魔族嗎？我之前教了一招魔法給一個紅魔族的女孩，不知道她好不好……總之，只要找到我的另外一半，就不需要什麼溫泉療法了——如果我的半身就躺在路邊的話該有多好。」

看著那個大姊姊長吁短嘆，害我覺得她的玩笑話好像冒出幾分真實性了。

「好啦，我也該離開了……還有，或許今後不要再泡這個城鎮的溫泉比較好喔。」

說著這種讓人搞不太懂的話，大姊姊準備離開浴池……

「……不、不好意思，可以的話，能不能請你別看我離開浴池時毫無防備的模樣……」

「別管我就好了。」

正準備離開的大姊姊聽見我立刻這麼回答，表情變得有點想哭。

真拿她沒辦法。

我轉過頭去，那位大姊姊便輕聲說了「謝謝」……

「唉……難得有個這麼棒的溫泉城鎮……害我又得找新的地方進行溫泉療法了……」

然後留下這句耐人尋味的話，離開了浴場。

——一個人留在浴場的我，回想起那位大姊姊和那個男人說過的話。

「如此一來，這個可恨的教團也完蛋了。」

然後，大姊姊離開前也說「今後不要再泡這個城鎮的溫泉比較好」。

不知道她為什麼要對我說這種話，不過我覺得她的發言應該是出自好意才對。

也就是說，他們在阿克西斯教團當作財源的這個溫泉城鎮動了什麼手腳嗎……？

既然都知道了，或許該設法處理比較好。但坦白講，我完全提不起勁。

應該說，我真的不想再被捲進什麼麻煩之中了。

……沒錯，我這次純粹是來旅行的。這時候就該裝作什麼都沒聽到……

正當我像這樣逃避現實的時候——

「喔喔！真不愧是高級旅店的溫泉，我們豪宅的浴池已經算是滿大的了！這裡的更是大到可以游泳啦！」

「喂，惠惠，在浴池裡游泳是不禮貌的行為……唔，喂，妳想做什麼！為什麼要拉我的毛巾……啊啊！」

「這裡又不是混浴，事到如今有什麼好害臊的？我們是雄壯威武的冒險者耶，怎麼可以那麼娘娘腔呢。」

「不，這根本就是歪理！應該說，是惠惠太有男子氣概了吧！啊啊，我的毛巾……」

女湯那邊傳來熟悉的聲音。

聽起來好像是惠惠把達克妮絲的毛巾拉掉了。

我很想說幹得好繼續繼續，不過畢竟我無法親眼目睹那邊的景象，只能用想像的。

自然而然地，我緩緩游向女湯那邊。

隔在女湯和混浴之間的，是一道和天花板沒有相連的牆壁。

只要疊幾個臉盆，站到上面去挺直身子，大概就可以偷窺得到了。

但是，我這麼有紳士風範，當然不會那麼做。

尖叫一聲，丟個臉盆過來就會原諒偷窺者的女生，只會出現在漫畫裡面。

這裡是現實世界。要是我真的偷窺的話，她們肯定會毫不留情地將我扭送警局。

隔著牆壁的另外一邊，傳來了走進浴池的水聲。

「呼……偶爾像這樣來泡溫泉也不賴嘛。我原本的目的只是想把懶病發作的和真他們拖到外面來，然後宰個幾隻被阿克婭吸引來的不死怪物，不過選擇這裡當作目的地，看來也算是押對寶了。」

她、她說什麼……！

「原來妳是因為這樣才提出什麼溫泉療法的啊。也對，要是就那樣一直待在鎮上的話，短時間內他大概也不會主動表示要出討伐任務才對。真是的，那個傢伙到底是個怎樣的人啊。原本以為他是個保守又膽小的男人，有時卻又不把地位高低放在心上，就連面對貴族也強勢到不行……對付蟾蜍都會抱頭鼠竄，面對魔王軍的幹部時卻又能夠與之周旋。真不知道該說他這個傢伙很奇怪，還是該說他很奇妙了。」

「噓！先別再繼續說下去了，達克妮絲。隔壁就是混浴，眼前有混浴和男湯可以選擇的話，妳覺得和真會選哪一邊？」

「混浴吧。那個個性膽小，在關鍵時刻特別沒種的傢伙，在這種名正言順的時候，自然會大大方方走進混浴那邊。」

真想揍飛她們。

但是，她們不但沒說錯任何一句話，我現在人也確實在混浴裡面，所以也沒辦法反駁。

也不知道她們懂不懂我內心的這種糾結，惠惠和達克妮絲放聲大喊：

「和真——！你在隔壁對吧？我看你一定把耳朵貼在牆壁上，一邊想像達克妮絲是從哪個部位開始洗，然後一邊喘氣對吧？」

「惠、惠惠，妳為何要扯到我身上……！和真，你在那邊吧？我知道你一定在隔壁！」

兩人恣意地大聲嚷嚷，不過我也沒必要告訴她們我就在這裡。

這並不是因為被她們猜到我的行動而心有不甘。

……真的不是……

我一直保持沉默，沒多久之後，隔壁就傳來交頭接耳的說話聲。

「太奇怪了，他該不會不在吧？這怎麼可能……」

「嗯……但是一直得不到回應耶……」

我繼續保持安靜，終於……

「好像真的不在耶。我也真是的，怎麼可以懷疑和真呢？晚一點我再若無其事地請他喝飲料好了。」

「的確，這樣是有點失禮，竟然片面斷定他的為人。」

她們兩個這麼說，語氣聽起來是稍微有在反省。

「再怎麼說，他好歹算個相當可靠的人。我得好好反省一下了，怎麼能懷疑他呢……」

「是啊，外表上或許看不太出來，但那個傢伙在同伴真正碰上困難的時候，都會伸出援手啊。他只是個性有點不坦率，本性確實相當善良。我也得好好反省……」

總覺得自己像這樣在這裡偷聽好像不太應該了。

洗完澡之後，我若無其事地請她們一點什麼東西好了。

我準備悄悄離開這個地方，而就在這個時候——

「話說回來，惠惠，我從剛才就一直很在意，妳的臀部那邊……」

「等等，就算是達克妮絲，繼續說下去我也不會輕饒喔！」

「喂……！住手……！」

隨著有人在水中掙扎的聲音，熱水也從牆壁上方的空洞潑了過來。

「真是的！這個不知羞恥的東西是什麼！妳有那個閒工夫在意我的屁股的話，不如努力把這個自我主張如此強烈的東西收納得更小巧一點才對吧！」

「啊啊！等等！惠、惠惠、住手……！那、那裡不可以————……！」

——原本因為良心的苛責而準備離開現場的我，再次回到原本的位置。

然後，為了保險起見，我還發動了潛伏技能，接著就將耳朵輕輕貼到牆壁上……！

「就是現在！」

「哼！」

「唔啊！」

突如其來的衝擊，害我摀住貼著牆壁的那一側的太陽穴，整個人就此摔進熱水裡。

大概是在我把耳朵貼到牆壁上的時候，達克妮絲奮力從牆壁的另外一邊打了一拳吧。

「看吧！這個男人果然在隔壁！」

「我就知道！我看人的眼光果然沒錯！這個男人平日都對我投以那麼好色的視線！那種滿腦子色慾的男人，怎麼可能不在混浴裡面！」

在我摀著頭部痛苦不堪的時候，聽見的是兩人洋洋得意的聲音。

我要宰了她們！

「『Create Water』！」

「「呀啊啊！」」

我對準牆壁上方的空洞部分，以魔法製造出冷水。

冷水淋在牆壁另一邊的兩人頭上，讓她們發出尖叫。

或許是打算反擊吧，她們從隔壁丟了一堆東西過來。

洗髮精、肥皂，甚至是水桶和點仔。

「給我等一下！貓不准亂丟！牠差點掉進熱水裡了！」

「我每次想幫那個孩子洗澡，牠都一直掙扎。每次洗完那個孩子之後，手上都滿是抓傷。請你幫牠洗澡，當作是偷聽的代價。」

惠惠這麼說，一副不覺得自己有錯的樣子。

或許是因為害怕待在熱水上方，被我抱著的點仔為了不讓自己掉下去，伸出爪子抓住我的手臂，害我被刺得有點痛。

有那個怪胎當你的飼主，還真是苦了你了……

既然被她們知道我在這邊，我也不需要再裝模作樣了。

「喂——難得來這麼一趟溫泉旅行嘛。我們是同伴，也和家人沒兩樣了。既然要泡溫泉，乾脆過來這邊一起泡吧。再說，妳們兩個都已經和我一起泡過澡，事到如今也沒什麼好顧慮的了吧。」

「這個男人分明平常把我們當成燙手山芋，就只有在這種時候才會說什麼同伴，說什麼家人！」

「真不知道你這個傢伙到底是沒種還是膽識過人！」

——當我離開了那個吵鬧的浴場，在她們兩個之前回到大家的房間時……

「太、太過分了————！我……！我又沒做錯什麼事情……！我只是去泡了一下溫泉而已啊！」

「阿克婭大人，真是苦了妳了……不過，該怎麼說呢，算、算我求妳，請妳別再哭了，碰到阿克婭大人的眼淚，會害我的肌膚非常刺痛的說……」

就看見阿克婭把臉埋在維茲胸前嚎啕大哭。

「怎麼了啊？妳今天到底是又引發了多麼稀奇古怪的現象，又給多少人添了麻煩啊？」

「什麼稀奇古怪的現象啦！添什麼麻煩啊！你為什麼老是要斷定是我做錯事情！」

阿克婭猛然抬起頭，如此對我怒吼。

「是這樣的……阿克婭大人泡過阿克西斯教團的祕湯之後，溫泉就變成普通的熱水了，所以……」

「所以我就被趕出來了啦——！我明明是女神！為什麼非得被趕出祭拜我的教堂啊！吶，為什麼啊——！」

這麼說來，這個傢伙的特性是會淨化觸碰到她的身體的水是吧。

「還有……！最令我氣憤的是，我對管理那個溫泉的人這樣說！『把溫泉變成熱水是我不好，我可以道歉！可是，這也是無可奈何的事情！沒錯，因為我就是水之女神！阿克婭就是我！』結果，那個管理人……嗚嗚……居然用鼻子『哼！』地笑了一聲……！我是女神耶！我明明就是女神……！」

維茲安撫著再次哭出來的阿克婭，就在這個時候——

我盯著阿克婭看了一下，然後……

「……哼！」

「哇啊啊啊啊啊啊——！」

「和真先生！」

第四章

為稀奇古怪的事件提供救援！

1

旅店的一樓有地方可以用餐。

「這個城鎮，似乎陷入了危險的危機。」

這裡提供的餐點很有高級旅店的風格，健康又美味。當我們在這裡吃著早餐時，阿克婭這麼說。

什麼叫做危險的危機啊，遣詞用字可以再更正確一點嗎？

「妳不是哭了一整晚嗎，怎麼突然說出這種話來啊？對這個城鎮來說，現在最危險的就是妳的特殊體質吧。妳只准在房間附設的露天浴池泡澡喔！」

聽我這麼說，阿克婭重重拍打了桌子，同時說：

「好好聽我說啦！我淨化溫泉也不是自己喜歡願意的啊。就連達克妮絲放在豪宅浴室的高級入浴劑也一樣，我試過將那些全都倒進浴池裡，結果還是三兩下就被我淨化了，那這樣溫泉當然也會被我淨化啊。」

「咦咦？妳把那些入浴劑全都用掉了嗎！我才剛從王都特地以郵購方式買到的耶！」

沒理會哭訴的達克妮絲，阿克婭繼續說了下去：

「可是很奇怪，我在泡阿克西斯教團的祕湯時，花費很多時間才淨化了溫泉。說到我的淨化能力，可是厲害到不行喔。比方說……」

說到這裡，阿克婭突然將食指伸進我正要喝的咖啡裡面。

事情只發生在一瞬之間，不過才一眨眼的工夫，黑色的咖啡就變成了透明的熱開水。

在大家的注視之下，阿克婭微微歪了頭說：

「……看吧？」

「看吧？妳個頭啦！搞什麼鬼啊，白痴！給我拿一杯新的咖啡過來！」

阿克婭舔了舔自己的食指指尖，對著放下那杯熱開水的我說：

「如你所見，一般來說就像這樣，瞬間就結束了。然而，卻只有那個時候花費了不少時間，這也就證明了溫泉受到相當嚴重的汙染……聽說這個城鎮到處都傳出溫泉的品質突然惡化的災情不是嗎？也就是說，這一定是視我們阿克西斯教團為威脅的魔王軍，認為即使正面挑戰我們也贏不了，所以才想來奪取阿克西斯教團最為重要的財源，也就是溫泉！」

「「這樣啊，好可怕喔！」」

「相信我啦——！」

達克妮絲和惠惠同時這樣敷衍了阿克婭，害她用力拍打桌子表示抗議。

眼見阿克婭如此反應，兩人一臉像是頭上冒出問號的模樣說：

「再說了，不過就是幾個溫泉的品質變差了而已嘛。為什麼會扯到魔王軍之類的呢？」

「的確是有許多人相當受不了阿克西斯教團，並敬而遠之，但是有可能會因此做出這種拐彎抹角的事情來嗎？」

就是已經在做這種拐彎抹角的事情了啊……

可惡，昨天在浴場碰見的那個男人，果然和魔王軍有關吧。

在我的印象中，他好像說過在阿克西斯教團的祕湯動了什麼手腳之類。

而他的行動就這樣被阿克婭阻止了，這固然是一件好事啦……

怎麼辦，我應該告訴大家嗎？

但要是我說了，事情肯定會鬧得很大。

馬上就會有人將這件事通報這個城鎮的冒險者公會，而我們也會被迫協助他們吧。

難得的旅行將就此整個泡湯，到時候又得對付危險的跟魔王軍有關的敵人。

我的直覺告訴我，昨天在浴場碰見的那兩個人很強。

一個敢大大方方地來到阿克西斯教團的大本營進行溫泉療法，另一個可以獨自進行破壞的行動。

光從這些看來也能得知，他們根本就不是我這個連對付嘍囉小怪，都能從樹上掉下來摔死的弱小冒險者，所能夠對付得來的對手。

「我要為了保護這個城鎮而奮起！所以大家也願意協助我吧？」

「我還要上街散步什麼的，有很多事情要忙，沒辦法啦。」

「我昨天已經清楚了解到阿克西斯教徒有多可怕，所以今天我就不奉陪了。我要跟著和真一起走。」

我和惠惠斷然拒絕。

「為什麼啊——！散步又不是多重要的事情！惠惠也是，妳不要那麼討厭我們教團的那些孩子們嘛！不、不然，達克妮絲……」

「嗚……我、我因為那個，就是……」

「拜託妳啦————！」

「我知道了啦，陪妳去就是了嘛！我會陪妳啦，所以妳不要淨化我的葡萄汁啊！」

看見被阿克婭哭求的達克妮絲屈服了，我忽然想到一件事。

「這麼說來，維茲怎麼還不起床啊？說來說去，維茲碰上妳的時候那麼好說話，只要妳說一聲，她應該願意陪妳吧？」

「維茲啊，因為我抱著她哭了一整晚，結果到了早上，她被我的眼淚弄到差點消失，現在整個人精疲力盡，所以還是讓她繼續睡吧。」

「在拯救城鎮之前，妳倒是先拯救維茲啊！維茲來到這個城鎮之後，會幾乎都躺在床上，全都是妳害的嘛！」

目送阿克婭拖著達克妮絲離開之後，我和惠惠一起思考著接下來要做什麼。

就算要觀光，溫泉城鎮其實意外的也沒什麼地方好逛。

要漫無目的地四處閒晃也不是不行，不過要是像昨天一樣，接二連三碰上招攬入教的話，那也很掃興……

正當我在煩惱的時候，惠惠拉了拉我的袖子說：

「如果沒有什麼特別想去的地方，就陪我到城鎮外面去發一下爆裂魔法吧。」

「妳就連來到這種地方也要那樣搞啊？」

在阿克賽爾，惠惠的一天一爆裂已經變成某種地方特色了，因此那倒還沒什麼問題。不過要是在這個城鎮的外面施展爆裂魔法，這裡的居民就算再怎麼怪胎，也是會發生騷動吧。

不過，也罷。只要距離城鎮夠遠，應該就沒關係了吧。

我答應了惠惠的一天一爆裂之後，她便開心地喝著飲料。

「早安……嗚嗚，各位都好早起啊……」

隨著疲憊的聲音一起下樓來的是維茲。原本已經相當蒼白的臉色，現在更是變得慘白，整個人看起來精疲力盡。

「早啊。妳已經沒事了嗎？我聽說阿克婭害得妳差點就消失了。」

「是啊，我還一度看到我在從事冒險者工作的時候，一起組隊的夥伴們呢。他們在河的另外一端慌忙地叫我別過去……不過現在總算是比較好一點了。」

維茲隨口說出這種驚人的事情。

那不就是所謂的死亡體驗嗎？

應該說，原來不死者也可以經歷死亡體驗啊？

「維茲今天有什麼計畫嗎？我和惠惠等一下想到城鎮外面去。」

「我是沒有什麼計畫啦……你們想要到城鎮外面去啊。棲息在這一帶的怪物多半都相當強喔，你們不介意的話，我也跟著去好了。」

維茲怯生生地說出這種令人感激的話。

「請妳務必跟來！太好了，有正牌的魔法師同行的話，出去外面也可以放心了。」

「喂，你倒是說說看哪裡有冒牌魔法師啊。」

2

難得出門，我們決定在施展爆裂魔法之前先在鎮上散步一下。

我們今天還沒碰上阿克西斯教徒那令人困擾的招攬行為。

惠惠讓點仔坐在肩上，走在前面，心情大好。

我一邊看著她的背影，一邊問了走在身旁的維茲：

「吶，維茲。今天早上妳提到『我在從事冒險者工作的時候一起組隊的夥伴們』對吧？所以我忽然有點好奇。就是啊，維茲為什麼會變成巫妖啊？這樣講不知道恰不恰當……不過維茲在阿克賽爾那個充滿怪胎的城鎮當中，算是少數個性正常的人之一了。而且維茲原本又是有名的冒險者，怎麼會違反自然的定律而變成了巫妖呢？這讓我覺得有點匪夷所思啊。」

突然問這種問題是不太禮貌，但我從之前就對這件事相當好奇了。

除了維茲以外，我還在地城裡見過另一個巫妖。

那個人說，他是為了保護珍視的人才會變成巫妖，是不得已的狀況。

維茲煩惱了一下之後……

「這個嘛……這件事說來話長，所以過一陣子再找個時間，趁阿克婭大人也在場的時候，我再說好嗎？」

就帶著燦爛的笑容對我這麼說了。

好吧，既然她本人都這麼說，還是讓阿克婭也一起聽好了。

我不知道維茲是因為怎樣的緣由而變成了巫妖，不過如果有什麼不得已的苦衷，阿克婭對待維茲的態度或許也會比較好吧。

「那妳就等到阿克婭在的時候再說好了。」聽我這麼講，維茲便笑瞇瞇地答道：

「好的，到時候也請巴尼爾先生一起來憶當年好了。我在當冒險者的時候，還曾經跟巴尼爾先生展開過死鬥呢。」

什麼？我超想聽的啊。

而且我更想聽她在那之後為何會和巴尼爾變成朋友……而且不如說……

「吶，用到憶當年這種字眼，那維茲是在幾歲的時候變成巫妖的啊？」

「二十歲的時候。」

是喔。

「原來如此，外表看起來也差不多是這個歲數呢。那在妳變成這個模樣之後，已經過了多久了啊？應該說，妳現在幾歲？」

「二十歲啊。因為變成巫妖之後，年齡就不會再增長了。」

「咦……？不，可是……」

「無論過了多少年，我永遠都是二十歲喔。」

「……這、這樣啊。」

因為她散發出一種不由分說的感覺，我看還是不要再多嘴好了。

年齡對於女性來講，終究是不能說的祕密。

這時，走在前面的惠惠突然說：

「對了，我有件事情想問問維茲……在魔王軍裡面，除了維茲以外還有沒有人會使用爆裂魔法？就是……妳認不認識一個會使用爆裂魔法的巨乳大姊姊？」

這個傢伙沒頭沒腦的說這是什麼話啊？

「不，據我所知，魔王軍當中會使用爆裂魔法的只有我一個人。話雖如此，我還待在魔王先生的城堡裡，那已經是很久以前的事情了啊。所以，如果是在我離開城堡之後才進去的人，我就不清楚了呢……」

「原來如此，那就算了。」

惠惠輕嘆了一口氣。

怎麼可以算了。

「喂，什麼巨乳大姊姊啊？不准擅自結束這個話題，快說明到我可以接受為止。」

「這、這個男人是怎樣……那也不是什麼大不了的事情。應該說，我之所以會來到阿克賽爾，理由之一就是因為聽說阿克賽爾有個會用爆裂魔法的女魔法師。不過，那個人指的好像是維茲就是了。」

「是喔——？那這件事和那個巨乳有什麼關係？說清楚一點。」

「至少在巨乳後面加上大姊姊或是魔法師之類的詞彙好嗎？那個人是我的目標，總有一天，我要見到那個人……」

「……妳所謂的目標，是指胸部方面嗎？」

「我宰了你。」

惠惠高舉法杖作勢要打我，於是我一把抓住了惠惠的頭來抵擋她。

「……奇怪了？剛才那個人，我好像在哪裡見過……？」

這時，維茲看著城鎮當中的溫泉密集處說了這句話。

我順著她的視線看了過去——

「喂，惠惠、維茲！趕快離開城鎮，發完魔法，才可以快點回來觀光啊！」

看見那個傢伙之後，我便拖著她們兩個人，準備要離開現場。

維茲說她好像在哪裡見過的那個傢伙。

也就是昨天我在浴場撞見的那個，說話令人滋生疑竇的男人。

這麼一來肯定沒錯。

維茲見過那個男人，那就表示他一定和魔王軍有關。

別這樣好嗎，我只是一個沒有任何力量，只比普通人強一點的最弱職業好嗎！

不要再把我捲進任何麻煩當中了啦！

「對喔，趕快完成今天的例行公事，帶著暢快的心情觀光去！今天還有維茲在，就算發生什麼事情也可以放心。我想找一群怪物，然後朝牠們發射爆裂魔法！」

「啊啊，和真先生，別那麼趕嘛！嗯……他到底是誰啊？」

不可以讓那個男人和維茲有所接觸。

我的直覺明確地這麼主張著。

3

或許是因為這個地方充滿了純淨的水資源吧。

走出阿爾坎雷堤亞之後，立刻就是一片鬱鬱蔥蔥的森林。

「到那片森林去吧！那裡一定有很多怪物！我們去獵殺吧，快點去獵殺牠們吧！」

我一面按住變得格外好戰的惠惠，一面和維茲一起跟在惠惠身後前進。

我使用感應敵人技能，發現森林裡確實四處都有怪物的反應。

「嗯，確實有一大堆。話說回來，怪物們似乎也發現我們了，但為什麼沒有採取主動攻擊呢？」

雖然感覺得到氣息，卻連個影子都沒看到。

「一定是因為我們是從阿爾坎雷堤亞走出來的人類，所以牠們在警戒吧。因為這個城鎮的人們多半都是阿克西斯教徒……聽說連怪物都不敢靠近阿克西斯教徒。」

那些人到底是多麼受到鄙棄啊？

「還有……或許是因為有我在的關係吧。怪物們會基於本能，避開身為巫妖的我。」

說著，維茲苦笑了一下。

對喔，雖然很容易忘記這件事，但別看維茲這樣，她可是魔王軍的掛名幹部。

儘管只是掛名，實力還是足以讓她獲選為幹部。

然後，貝爾迪亞到來的時候，還有巴尼爾到來的時候。

在那些擁有強大力量的人來到城鎮附近時，怪物們也都會保持警戒。

現在對於維茲，牠們也是本能性地感到害怕。

我們住在阿克賽爾這麼久了，卻不曾聽說怪物闖進鎮上的事件，或許也和維茲就住在鎮上有關吧。

「嗯……那就沒辦法了。既然如此，只好隨便找個地方轟一下魔法，結束今天的例行公事吧。其實我本來是想轟在怪物身上，順便練等的說……」

在做出如此嚇人的發言之後，惠惠開始詠唱爆裂魔法。

耗費那麼多魔力的大魔法，這個傢伙卻拿來毫無意義地隨便亂施展，真的是不知道她在想些什麼。

那應該有更多能夠貢獻這個社會的使用方式才對吧。

正當我想著這些事情的時候，她好像已經準備好魔法了。

「『Explosion』！」

惠惠從她的手上，真的是隨便找個地方就發出了爆裂魔法，使得爆炸聲傳遍這一帶，也撼動了地面。

樹木成了斷枝殘幹，地面也被挖開，在森林裡留下了壯烈的破壞痕跡。

突如其來的瘋狂舉動嚇得鳥兒們也同時振翅高飛，森林裡一陣騷動。

「呼……好了，我們回去吧。那麼就麻煩你背我囉。」

而做出如此瘋狂的舉動的傢伙，現在則是趴在地面上，一派平靜地這麼說。

見惠惠像是本該如此似地要求我背她回去，讓我有點想把她丟在這裡。

「每次都這樣，妳的魔力消耗量就是沒辦法降低一點嗎？我分妳一些魔力就是了，自己走吧。」

說著，我使用「Drain Touch」將魔力分給她。

或許是分過去的魔力不多，惠惠站起來的時候整個人依然搖搖晃晃的，站得不是很穩。

然後，她確認了一下自己的冒險者卡片之後，微微一笑。

「哎呀，好像波及到幾隻躲在那邊的狗頭人了。冒險者卡片上的討伐怪物欄上記錄了狗頭人，日期是今天呢。」

……這可不行。

仔細想想，目前還是我的等級最低。

雖然在之前討伐奔跑蜥蜴還有跳高鷹鳶讓我提高了兩個等級，不過現在依然是我最低。

至於因為升等而得到的新的技能點數，就用來學點攻擊技能，以方便貪經驗值好了。

正當我想著這些的時候——

「……嗯？有東西往這邊跑過來了。感應敵人技能感知到有東西往我們這邊移動，速度相當快。」

「哦？會不會是聽到爆裂魔法的聲音才跑過來的啊。」

從森林深處直線往我們這邊衝過來的那個，即使我用了千里眼技能也只知道是黑色的東西，實在是看不太清楚。

黑色的？

……我知道那是什麼了。

我記得那是和哥布林、狗頭人之類，弱小又好吃的怪物共生的凶惡怪物。

簡而言之，就是長著黑色毛皮的劍齒虎。

「吼嚕嚕嚕嚕嚕嚕嚕——！」

新進冒險者的天敵，初學者殺手就在眼前。

「維茲、維茲——！想想、想想辦法處理牠！」

「和真，用那招啦，狙擊啦狙擊！距離還很遠，就用狙擊收拾掉牠吧！」

「我把弓之類的裝備都放在旅店了啦！」

「你怎麼這麼靠不住啊，再怎麼疏忽也太誇張了吧！就是因為這樣，你的等級才會過了這麼久依然只有我的一半啦！」

「妳這個傢伙！也不想想說到頭來會把怪物引來的究竟是誰！小心我吸走妳的魔力，然後把你丟在這裡喔！」

「我會設法處理牠，兩位請冷靜一點！包在我身上，還請你們兩位退開！」

維茲走上前去，掩護正在吵架的我們。

我使用「Create Earth」製造出乾土，準備以攻擊眼睛的方式進行最低限度的支援。

而惠惠則是緊緊貼在我身後。

……這時，儘管初學者殺手已經進逼而至，維茲依然沒有要使用魔法的打算。

「喂，維茲？嗚、喂，維茲！」

「啊啊！」

就在我和惠惠的眼前，初學者殺手撲到呆立在原地的維茲身上。

軀體像牛一樣巨大的初學者殺手，輕而易舉地將維茲推倒在地。

就在惠惠驚叫之際，我將握著乾土的手向前伸出，準備以風魔法將乾土吹向初學者殺手的眼睛——！

「「……咦？」」

這時，壓在維茲身上的初學者殺手，突然口吐白沫昏倒了。

至於應該在初學者殺手撲過來的時候，被抓傷了才對的維茲，默默地從初學者殺手身下爬出來之後，卻是一副毫髮無傷、若無其事的模樣。

「……對喔，除了施加過魔法的武器之外，物理攻擊對巫妖都無法產生作用。而且以吸取對方的魔力、生命力的『Drain Touch』為首，巫妖具備的特殊能力可以在攻擊的同時，在目標身上引發各種異常狀態。下毒和麻痺，睡眠及詛咒……對於維茲而言，對付這種對手連魔法都沒必要用。」

巫妖超強的。

平常被阿克婭迫害，或是被巴尼爾烤焦的她，就像是不存在一樣。

「呼……那麼，我們回鎮上去吧。」

這麼說著，維茲喘了一口氣，同時拍了拍衣服上的塵土，露出微笑。

4

當我們回到鎮上，發現鬧區的正中央圍了一群人。

「那是怎樣？有什麼活動嗎？」

「不知道在做什麼呢。既然是觀光勝地，或許是娛樂觀光客的街頭藝人吧。」

我和惠惠對人群產生了興趣，便朝那邊走去。

「……是阿克婭大人耶，不知道她在做什麼呢？」

而被圍在人群中央的是阿克婭。

也不知道是在幹嘛，阿克婭站在一個木箱上，手中拿著看似擴音器的東西，而達克妮絲則是站在她身邊，滿臉通紅，整個人發著抖，似乎覺得很丟臉。

我記得那個東西應該是施加了風魔法的魔道具。她到底想拿那個東西來幹嘛啊？

像是在回答我這個疑問似地，阿克婭大聲演說了起來。

「親愛的阿克西斯教徒們！這個城鎮，現在正遭受到魔王軍的破壞行動所侵襲！」

聽她這麼說，一旁的達克妮絲害羞地低下頭。

「至於他們究竟是採取了什麼行動……那就是在這個城鎮的溫泉當中混入毒物！經過我的確認，已經有許多溫泉遭到破壞了！」

那個傢伙從一大早就到處泡溫泉是吧。

「我可沒聽說這件事喔。我才剛泡過附近的溫泉，也沒覺得怎樣啊！」

一個圍觀群眾這麼問了阿克婭。

對此，阿克婭點了點頭之後說：

「那是因為本小姐到處在淨化溫泉裡的毒素，這一帶的溫泉我也全都淨化完成了。不過，現在還不能放心。所以我在此有件事情要拜託大家配合！在這次的事件解決之前，請大家不要泡溫泉！」

聽阿克婭這麼說，周遭的人都議論紛紛了起來。

這時，阿克婭戳了一下呆站在她身旁的達克妮絲。

被戳的達克妮絲抖了一下，帶著一臉快要哭出來的表情好像想說什麼，卻又說不出口。

這時，一個拉著攤車的大叔說：

「這裡可是溫泉城鎮啊，祭司小姐。溫泉是我們最重要的攬客工具，你現在叫大家不准泡溫泉，那不就沒戲唱了。」

「沒錯沒錯。再說了，魔王軍有什麼理由要在這個城鎮的溫泉裡下毒啊？」

其他的圍觀群眾也這麼說，彼此交頭接耳了起來。

「當然有！理由就是要讓這個城鎮失去最大的觀光資源——溫泉，並毀掉阿克西斯教團的收入來源！沒錯，魔王軍最害怕各位阿克西斯教徒了！並不是因為只有我一個人不能泡溫泉大家卻可以，出於各種羨慕忌妒恨，才會說出這種話來找大家的麻煩！好了，各位虔誠的阿克西斯教徒……」

就在這個時候。

「啊！竟然在這種地方！喂，妳這個傢伙！妳對我們的旅店的溫泉幹了什麼好事！怎麼

會變成普通的熱水啊！」

大概是某間溫泉旅店的老闆吧。

有個男人站在遠離圍觀群眾的地方，惡狠狠地瞪著阿克婭。

而且除了他以外，還有好幾個男人也都是一臉凶狠地和他站在一起。

「真的，竟然在這種地方！喂，大家，幫忙抓住那個傢伙！那個女人是來搞破壞的，她把鎮上的溫泉全都變成熱水了！」

「沒錯，她很有可能是魔王軍的爪牙，是被派來破壞阿克西斯教團作為根據地的這個溫泉城鎮！」

這是什麼超展開啊？

那個傢伙口口聲聲說什麼要保護溫泉，結果自己跑去毀掉那些溫泉是怎樣。

「不不、不是啦！這是有正當理由的！大家請聽我說！其實是這樣的，我到處去淨化的那些溫泉，全都含有毒素啊！是啦，過程當中或許是淨化了幾個正常的溫泉沒有錯，可是，我的所作所為都是為了大家好……」

「如果妳說的都是真的，先知會我們一聲不就得了！再說，妳說妳淨化了那些溫泉，但是要淨化這麼大量的溫泉哪有那麼容易！妳好像專挑沒有人在的時候闖進那些溫泉不是嗎！我看妳是抓準了沒人的時機，擅自放掉浴池裡的溫泉，換成沖身體用的普通熱水而已吧！」

「不不不、不是——！要是有人在我進行淨化的時候看見我，大家就會發現我的真實身分！到時候一定會造成大騷動，後果不堪設想……！」

啊！這下糟了！

照這樣發展下去，那個傢伙肯定會說些不必要的話！

「喂，惠惠、維茲！在她們兩個發現我們之前先離開這裡吧！假裝不認識她們！」

「咦咦！事情都鬧到這麼大了，你卻想丟下她們嗎？應該說，這種狀況也只有和真應付得了了吧，趕快去想辦法解決一下啦！」

「阿克婭大人快哭出來了喔！和真先生，再這樣下去……！」

聽著兩人這麼說的同時，我看著與我們相隔甚遠的阿克婭。

在人群之中，旅店的老闆之一厲聲指責：

「說什麼會造成大騷動、後果不堪設想，現在的後果已經很不堪設想了好嗎！再說了，妳的真實身分又是什麼？難不成妳真的是魔王軍的成員嗎！」

「咦咦？不、不是啦！吶，達克妮絲，妳一直愣在那邊幹什麼，快幫我說話啊！還有，我們事前不是商量好了嗎，妳要在我身旁大聲說啊！阿克西斯教！請多多支持阿克西斯教！說啊！別害羞了，快說啊！」

「請、請多多支持……阿克……西斯……」

在大群圍觀者的包圍之下，達克妮絲紅著臉，嘟嘟噥噥地說了。

……真是可憐她了。

「真是夠了！好吧，既然如此，本小姐就要公布真實身分了！在場的各位虔誠的阿克西斯教徒啊！我的名字是阿克婭！沒錯，就是你們所崇拜的，水之女神阿克婭！我可愛的信眾啊！如你們所見，我親自來到這裡拯救你們了！」

站在木箱上大聲嚷嚷的阿克婭，終究還是這麼說了。

原本乖乖看著，打算靜觀其變的聽眾們聽見這番話，立刻陷入一片寂靜。

「……好，走吧。動作快，惠惠。」

「……這下真的不妙了。到剛才為止或許都還有轉圜的餘地，不過這下真的不行了。我們開溜吧！」

「等、等一下，和真先生？惠惠小姐！阿克婭大人和達克妮絲小姐呢……！」

就在我和惠惠躡手躡腳地離開現場的時候，突然響起一陣叫罵聲：

「少胡說八道了，無禮的傢伙！」

「不過是有藍髮藍眼就想冒充阿克婭女神，小心遭天譴！」

「浸豬籠啦！拿豬籠把她裝起來丟進湖裡！既然她說自己是水之女神阿克婭，那被丟進湖裡一定也不會怎樣吧！」

「哇啊啊啊啊啊！住手——！是真的！我真的是女神啦！」

「啊啊！竟、竟然丟石頭……！不、不可以……！阿克婭，躲到我後面來！」

「——…………」

「等一下，你們兩位要上哪去啊！啊啊，阿克婭大人……！」

丟下被人丟石頭的阿克婭和達克妮絲，我和惠惠快步開溜。

——在鎮上繞了一大圈才回到旅店的我們，發現阿克婭已經先回來了。

「哇啊啊啊啊啊啊——！」

阿克婭一直哭個不停。

總覺得，這個傢伙自從來到這個城鎮之後，就一直哭個不停啊。

「阿、阿克婭大人，喝點熱牛奶吧，喝了可以安定心情……」

在女生們住的大房間中央，維茲安慰著不斷哭泣的阿克婭。

在她們身邊的達克妮絲，儘管渾身上下都傷痕累累，臉色卻莫名地紅潤，一臉滿足地喝著紅茶。

後來大家好像是對她們又是丟石頭，又是怒罵的樣子。

不過，這個變態好像真的喜歡上這個城鎮了。乾脆把這個傢伙丟在這裡，我們自己回去算了。

「太過分了——！我明明就為了大家做了那麼多努力——！為什麼卻得被自己的信徒丟石頭啊！哇啊啊啊啊啊啊——！」

「阿克婭大人，請、請冷靜下來！否則激動的阿克婭大人所散發出的神氣，會害我開始逐漸消失的——！」

慌張的維茲趕緊將熱牛奶遞給阿克婭。

阿克婭看著熱牛奶，一邊吸著鼻子一邊說：

「……我比較想喝酒。」

「我看妳其實根本就沒那麼在意吧。」

維茲連忙下樓去要酒時，阿克婭抬起哭到眼睛都腫起來的面容說：

「無論如何，確實有人在這個城鎮從事破壞行動。我去過的溫泉當中，有好幾個都已經受到嚴重汙染了。要是有人泡了那種溫泉，肯定會生病。」

「阿克婭唯一可靠的只有身為祭司的能力，既然她都說成這樣了，那應該是真的了吧？不過，現在就連犯人的身分都還無法鎖定，以目前的情況來說，我們根本無計可施。」

「也是呢。姑且還是向冒險者公會和管理溫泉的協會報告一下，之後應該也只能交給他們處理了吧。」

聽達克妮絲和惠惠這麼說，阿克婭心有不甘地咬牙切齒。

既然事情和阿克西斯教團有關，她應該很想親手解決吧。

但是，就算再怎麼重視那些信眾，都被他們那樣對待了，實在不需要堅持拯救他們吧。

「嗚嗚……可是，再這樣下去，我可愛的信眾會……！」

淚眼汪汪的阿克婭，用力抓住桌子的邊緣。

真拿她沒辦法……

「明天我也一起協助妳就是了啦。但是相對的，千萬別搞成必須戰鬥的狀況喔。要是找到犯人了，剩下的事情就交給冒險者公會。這樣總行了吧？」

聽我說完，阿克婭的臉上這才恢復了神采。

5

「那麼，我就在旅店待命囉。大家行動時請務必小心！」

隔天早上。

在維茲的目送之下，我們前往這個城鎮的冒險者公會。

維茲要留下來當連絡人。

我們準備請公會到處收集情報，要是有什麼消息再連絡我們，所以必須有個讓公會連絡得到的人。

把維茲留在旅店，我們四個人前往溫泉密集的地區。

「不過，就算是要找犯人，我們又該怎麼做啊？即使找到可疑人士，如果沒辦法在他將毒物混進溫泉的當下抓到人的話，也無法進行逮捕吧。」

對於誰是犯人，其實我已經有頭緒了。

八成就是出現在我們住的那間旅店的，那個膚色偏黑的棕髮男子吧。

後來，那位大姊姊和那個男人都沒在旅店再次出現了。

那位大姊姊說沒辦法繼續在這裡進行溫泉療法了，所以或許已經離開這個城鎮了吧。

既然如此，應該是那個男的獨自在暗中動手腳才對……

「哼哼，包在我身上就對了！其實，為了尋找犯人，我早就採取行動了。聽好囉？犯人應該是在同一天之內去過好幾次溫泉。因為想下毒的話，以客人身分潛入是最方便的。」

難得有在動腦的阿克婭，挺起胸膛這麼說：

「所以，我拜託了好幾間溫泉旅店，請他們觀察來的都是些怎樣的客人，並請他們記住客人的特徵，一間一間請他們填問卷。」

「妳這次真的很盡心盡力耶……」

看來她真的很疼愛自己的信徒。不過，如果她平常也能這麼盡心盡力就好了。

「原來如此。就算是觀光客或者是再怎麼喜歡溫泉的人，應該也不可能在一天之內頻繁地去泡好幾個不同的溫泉才對。只要請各個溫泉的人告訴我們客人的特徵，就可以透過目擊情報的多寡來鎖定嫌犯了。」

很會舉一反三的惠惠不停點頭，表示贊同。

「而且要是在我們鎖定的目標出現過的旅店發生過什麼騷動的話，就可以確定他真的是犯人了吧。」

達克妮絲也佩服地這麼說。

「就是這樣！好了，我們就到我拜託過的那些旅店去回收問卷吧！」

我真的要說，如果她平常就能有這種表現，該有多好。

同時，我們也對於阿克婭的能力其實有這麼好而感到驚訝。

我們分頭前往各家旅店，回收了發出去的問卷。

然後，我們在鎮上的公園集合，將問卷排在長椅上，開始統計。

「——問卷的結果出來了！最常出入溫泉旅店的人物，其特徵是……」

「頭髮和眼睛都是水藍色，披著淺紫色羽衣的女人。」

「原來犯人就是妳啊。」

「才不是！等一下啦，我確實也去了很多溫泉，但那是為了淨化啊！看那些發生過問題的旅店的問卷，上頭應該是寫了最後一個進去的客人的特徵。最後一個進去的人最可疑！」

我依照阿克婭所說，查閱發生過問題的溫泉旅店的問卷，看了最後一個進去的客人的特徵之後……

「頭髮和眼睛都是水藍色的女人跑進去搗亂，把溫泉換成了熱水……」

「……不就是妳嗎。」

「為什麼——！這什麼爛問卷啊！一點用也沒有！」

「不，等一下。」

正當阿克婭一時火大，準備要撕破問卷的時候，惠惠阻止了她。

惠惠露出前所未見的認真表情，拿著問卷說：

「這個『**膚色偏黑的短棕髮男人**』。這個人出現在各個溫泉的次數，僅次於阿克婭。男生會這麼喜歡泡溫泉嗎？」

哎呀，不愧是以高智力著稱的紅魔族。

「犯人果然是那個傢伙啊。是個肌肉頗為結實，身材高大的傢伙。」

從惠惠手上接過問卷的我，自然而然地這麼說……

「……等一下。『犯人果然是那個傢伙啊』是怎樣，為什麼和真會知道這種事情？難不成，你嘴上一直說不要不要，卻還是因為擔心我而到處調查過了嗎？是怎樣？和真先生其實是傲嬌嗎？」

阿克婭兩眼閃閃發亮，露出充滿期待的表情這麼問。

「不，是我們第一天來到這個鎮上的時候，我碰巧在浴場聽見那個傢伙說：『如此一來，這個可恨的教團也完蛋了。在祕湯進行的破壞行動已經完成。目前，其他溫泉也都進行得相當順利。如果全都依照計畫完成的話，之後只要等待即可。對於擁有長久壽命的我們而言，等個十年、二十年也不算什麼』之類的，還真是超好心的全都說出來……喔哇！幹嘛，你想怎樣啦！」

聽了我這番話，阿克婭掐住我的脖子說：

「這麼重要的事情你為什麼不早點說啊！一開始就告訴我的話，我也不用費這麼大的工夫了啊！」

「喂，混帳，放手！我這次是來進行溫泉療法的好嗎！為什麼每次都非得被捲進危險當中不可啊！這種麻煩的事情，我哪有可能自己主動插手去管嘛！」

「你說得倒是很理直氣壯嘛！你這個人難道都沒有一點身為冒險者的自覺嗎！那怎麼想都是魔王軍在計劃要做壞事的對話吧！」

「阿克婭，我來壓制住這個垃圾！妳稍微教訓他一下！」

「住、住手啦混帳！想動手啊？妳們想動手的話，我也有我的打算喔！」

6

「嗚嗚……被整得好慘啊……沒想到他會憤而反擊……」

魔力被我用「Drain Touch」吸乾的惠惠，一副精疲力盡的樣子，渾身無力地趴在我的背上，憤恨不平的這麼說。

「真的，這個男人還真不是什麼好東西……」

被「Create Earth」和「Create Water」的組合魔法弄得滿臉泥濘的達克妮絲也同樣疲憊不

堪，如此表示同意。

而在這樣的我們面前，頭髮因為中了「Freeze」而到處結霜的阿克婭，遞出了一張紙。

現在，我們來到了這個城鎮的冒險者公會。

以問卷上寫的特徵和我的證詞為根據，阿克婭畫出了那個男人的肖像畫，而且完成度之高，簡直就和照片沒兩樣。

我們帶著那張肖像畫來到這裡，希望公會能夠通緝這個男人，不過……

「各位突然提出這種要求，我們也無法受理。各位說是路過的時候碰巧聽到的，單憑這種片面的說詞，想要通緝這個人恐怕也有困難。如果是長期在這個城鎮表現良好，信用度高的冒險者就算了，但我們並不熟悉各位，總不能無條件相信各位的證詞。如果沒有更加確切的證據，可能……」

公會的櫃檯人員面有難色地這麼說。

也對，我們這些來路不明的傢伙突然跑來要他們通緝這個男人，他們會接受才有鬼。

這時，阿克婭把臉湊到公會的櫃檯人員面前說：

「吶──！既然你住在這個城鎮，就表示你也是阿克西斯教徒囉？仔細看看我的臉！有沒有覺得在哪裡見過我啊？」

「咦……？我並不是阿克西斯教徒。不過經妳這麼一說，我確實覺得好像在哪裡看過這張臉……？啊啊！妳是在花街那間店的第二紅牌！」

「才不是！你小心遭天譴喔！我可沒有在那種低俗的店裡工作過！而且還是第二紅牌，感覺更是讓人有點不爽！」

聽著阿克婭追究這種無法理解的地方，我忽然想到一件事。

何必靠這個在充滿信徒的城鎮裡也完全沒有人認得出她是誰的自稱女神呢，我們當中不是還有一個知名度更高的傢伙在嗎？

「喂，惠惠，配合我一下。」

「配合你什麼？沒頭沒腦的在說什麼啊？」

對趴在背上的惠惠這麼說之後，我以「Drain Touch」將魔力分給她一些，讓她能夠自行站立。

把一臉莫名其妙的惠惠從背上放下去之後，我將達克妮絲往前一推，然後說：

「你知道這位小姐是誰嗎！這位可是號稱『王國首席參謀』的知名大貴族，達斯堤尼斯家的千金！達斯堤尼斯・福特・拉拉蒂娜大小姐！竟然將她視為來路不明的冒險者，未免也太失禮了吧！」

「「咦咦！」」

就連達克妮絲也和櫃檯人員一起驚叫出聲。

惠惠立刻想通我的用意，踏著輕輕的腳步站到達克妮絲身邊說：

「大小姐，請拿出達斯堤尼斯家的信物吧。請讓這個腦袋轉不過來的職員，好好見識見識吧！」

「咦！連、連惠惠都這樣！嗚嗚……真不想因為這種事情搬出我家的名字……」

或許是不太想利用貴族的權力吧，達克妮絲不好意思地縮起身子，從懷裡掏出項鍊來。

在我出庭的時候，她也曾經拿出那條項鍊過。

那或許具有類似水戶黃門的印籠的功效。

「那是……！是是、是我失禮了！我立刻就準備通緝這個男人！」

項鍊的功效極為強大，櫃檯人員連忙從阿克婭手上接過肖像畫。

「不愧是達克妮絲！貴族的權力就是要像這樣濫用對吧！」

「阿、阿克婭！別說得那麼難聽，而且還說得那麼大聲！」

「——那、那麼！我已經遵照達斯堤尼斯小姐的指示，完成通緝這個男人的手續了。要是有查到什麼情報的話，會連絡您所下榻的旅店！」

「好、好的。不好意思，拜託你了。」

那個職員對著走出公會的我們不斷低頭，讓達克妮絲歉疚地縮著身子。

而我在這樣的達克妮絲身後說：

「喔，對了。花了多少經費之類的，都可以報達斯堤尼斯家的帳喔。」

「！」

7

辦完許多事情之後，在返回旅店的歸途上——

「你這個傢伙！你這個傢伙是怎樣！」

達克妮絲的怒氣依然尚未平息。

「妳夠了沒啊，算我不對嘛。不然這樣好了，通緝那個男人所花的費用，就由阿克婭全額支付就是了。」

「咦咦！要我付嗎？」

「問題不在這裡！而是你隨便爆出我們家的名號，造成我的困擾……！」

「喂，阿克婭，達克妮絲他們家要養她這個浪蕩女兒肯定很辛苦，這點經費妳就付了吧。這可是為了拯救妳的教團的費用耶。」

「喔……我知道了啦，也只能這樣了。達克妮絲他們家確實很辛苦，還是我出好了。」

「唔啊啊啊啊啊啊啊啊啊！」

「喔哇！妳、妳幹嘛啊，快住手！」

達克妮絲突然攻擊我，於是我輕身一閃化解了她的攻勢，並擺好架式準備好隨時接招。

「真是的，你們兩個在吵鬧什麼啊，有路人在看耶。尤其是達克妮絲，妳好歹姑且還算是千金大小姐啊，就不能表現得更端莊一點嗎……」

「什麼好歹姑且還算是！我的的確確是千金大小姐！真是夠了……！」

達克妮絲顯得疲憊不堪，而我一邊對她揮著空拳嚇唬她，一邊說道：

「我說妳啊，就像對抗毀滅者的時候一樣，偶爾會有完全沒派上用場的時候。所以，還是趁這種時候做點比較有貴族風範的事情，保護一下庶民比較好喔。」

「不用你雞婆！可惡，你這個傢伙從剛才開始就一直瞧不起我！」

「嘿，攻擊太過單調了！妳這個傢伙笨拙又遲鈍，怎麼可能攻擊得到我呢！」

「看我宰了你！」

「吵死了，就跟你們說路人都在看了！」

不斷被我捉弄，最後還一邊說著危險的台詞，一邊喘著氣的達克妮絲，終於在惠惠出聲之後冷靜了下來。

「真是的。明知道我是貴族，但在知道這件事之前和之後的態度，卻能完全沒變的傢伙，大概也沒幾個了。」

她在憤憤不平地這麼說完之後……

「無論是怎樣的人，嘴上再怎麼說不會在意，或多或少都還是會顧忌一下……」

便像是對於我們在知道她是貴族之後，依然粗暴地對待她，而稍微感到有點高興似地這麼說了。

「管妳是貴族還是什麼，達克妮絲就是達克妮絲，我才不會因此改變態度呢。而且，紅魔族是面對權威或任何對象，都不會屈服的種族。即使是對貴族或國王說話，一樣是沒大沒小的喔。」

「惠惠……」

「在我以前住的國家，找上政治家抱怨東抱怨西可是司空見慣呢。更何況，我是個不管身分地位高低，也沒有性別歧視的男人，並不會因為妳是個貧窮貴族就縱容妳。」

「連、連和真都這樣說……不對……等一下，你剛才是不是叫我貧窮貴族？」

達克妮絲一臉認真地抓住我的後頸。

而我絲毫不在乎達克妮絲的抗議，轉頭對走在最後面的阿克婭說：

「阿克婭，妳也說幾句話吧，叫這個傢伙別繼續把身分地位的差別之類的事情放在心上……了……那是什麼，妳在做什麼？」

我把說到一半的話吞了回去，看著阿克婭一邊走，一邊用她靈巧的雙手製作著東西。

真不知道她是從哪裡拿出來的，那應該是黏土吧。

阿克婭拿著黏土，專心一意地製作著某樣東西。

「這個？這個啊……是我仿照達克妮絲剛才拿出來炫耀的東西做出來的。你們看，簡直一模一樣對吧？只要有了這個，我隨時都可以堅稱自己是達克妮絲家的小孩，無論想要什麼任性都……啊啊啊啊啊——！」

達克妮絲直接把阿克婭的黏土給丟了出去。

「——歡迎回來！情況如何？」

維茲在旅店迎接我們，我們也向她報告了事情的經過。

既然已經將通緝單交給公會，也請公會發給各個溫泉了，我們能做的事情便到此為止。

那個男人也已經無法隨便靠近溫泉，大概就連在鎮上走動都有困難了吧。

接下來只需要依照當初的計畫，悠閒地享受溫泉就可以了。

「到頭來還是做了好多工作啊。話雖如此，能夠事先阻止魔王軍的詭計真是太好了……

喂，達克妮絲，妳這個不食人間煙火的千金大小姐大概不懂，庶民的習俗當中有個慣例，一起出外旅遊的男女，一定要一起泡一次混浴才行。我們明天就要回去了，所以我們趕快一起去泡一下才能交差。」

「咦？我、我可沒聽過這種慣例喔！」

「所以我不是說了嗎，這是庶民的慣例，身為貴族的妳，怎麼可能聽過呢？如果妳真的想化解和我們這些庶民之間的隔閡，就應該遵照這個習俗行事。」

「真、真的有這種規定嗎……？」

「最好是有這種規定啦。」

聽了惠惠的吐嘈，達克妮絲面紅耳赤地試圖揍我，而我則是化解了她的攻擊。這時，有人瘋狂亂敲起我們這個房間的門。

「來了來了——哪位啊？」

阿克婭開了門，看見的是我們剛才在冒險者公會，為了發出通緝單而拜託的那位職員。八成是全力衝刺到這邊來的吧，站在門外的他，不停地喘著氣。

「怎、怎麼了嗎？」

儘管心中有著不祥的預感，我還是這麼問那個職員。

「大事不妙了！溫泉……！鎮上的溫泉接連冒出遭到汙染的熱水……！」

第五章 為不潔的溫泉城鎮獻上女神！

1

在鎮上的溫泉遭到汙染的隔天早上。

用完早餐的我們，聚集在女生們住的大房間裡。

「我覺得應該是源頭有問題。」

昨天一整天都在淨化鎮上溫泉的阿克婭這麼說。

冒出遭到汙染的溫泉好像只是暫時性的。

暫時冒出來之後立刻就停了，簡直就像是有人在做實驗一樣。

這個傢伙在接獲公會職員的報告之後，就立刻衝到鎮上去，到處淨化溫泉。

「源頭？我記得是在阿克西斯教團後面的那座山上對吧？」

聽我這麼說，阿克婭點了點頭。

阿克西斯教團的本部，也就是那座大教堂。

教堂後面有座山，而這個城鎮的財源的生命線——溫泉的源頭，就在那座山上。

當然，源頭受到嚴格的控管，想闖進那裡應該沒那麼容易。

「沒錯，要在那麼短的時間內到每個溫泉去下毒確實不太可能。因為遭到通緝害得犯人大動肝火，不管三七二十一就直接去汙染源頭。這樣想的確比較自然。」

對啊，在源頭混入毒物是比較乾脆沒錯。

「不過，問題在於犯人是如何闖進受到嚴格控管的地方去……」

正當維茲皺眉沉思時。

「和真，你一直在吃的那個是什麼？分我一點吃吃看。」

只有達克妮絲看我吃著這個世界的一種看似披薩的垃圾食物，伸手拿了一塊。

…………

「我說啊，妳最近看起來比阿克婭還白痴喔。」

「什……！」

達克妮絲還沒能將她拿走的山寨披薩放進嘴裡，就這樣掉了下來。

她的臉上浮現出驚愕之色，整個人都僵住了。

「等一下，照你這樣說，聽起來好像我平常是個超級大白痴一樣啊。」

「我就是這個意思啊……啊啊，混帳，住手！算我不對，我道歉就是了，這次妳表現得非常搶眼也有在動腦袋啦！我道歉我道歉，所以把我的披薩還給我！」

我和阿克婭搶著披薩，這時達克妮絲猛然站了起來。

「……源頭是吧。喂，和真，你是還要玩到什麼時候，趕快動身了啊！去源頭！到教團本部的後山去調查！」

然後就這樣莫名亢奮地如此宣言。

大概是很介意目前只有她一個人，除了家世之外完全沒派上用場吧。

「好，那我們就到源頭去吧。」

2

阿克西斯教團本部的大教堂左側，是一座巨大的湖泊，同時也是這個城鎮的水源。

然後，教會後面，有一座湧出溫泉的山。

通往溫泉源頭的道路上，由這個城鎮的騎士團嚴加戒備。

「我是阿克西斯教的大祭司耶！你們看這個。看嘛，你們仔細看一下我的冒險者卡片就知道了啦！」

而阿克婭拿著自己的冒險者卡片，湊到負責戒備的騎士面前。

我們在通往後山的入山口被擋了下來。

「這個嘛，就算是阿克西斯教的大祭司，我們也不能讓妳繼續往前。」

「是啊，能夠進去的，就只有負責管理溫泉的人而已。」

被阿克婭針對的那位騎士，看都不看她的卡片。

兩名騎士看見我們的穿著，儘管沒說出口，還是看得出非常懷疑我們。

考慮到演變成戰鬥的可能性，我們每一個人都全副武裝來到這裡。

而突然有一群穿著戰鬥裝備的人在這裡出現，他們怎麼可能會放行。

「汝等，虔誠的阿克西斯教徒啊……請聽我說，這是必須要做的事情，是正確的行為。你們讓我們通過這裡，這個城鎮才能……」

「「啊，我們是艾莉絲教徒。」」

「為什麼啊——！明明在這個城鎮生活，怎麼會是艾莉絲教徒！吶……求求你們了，讓我們進去吧！溫泉的源頭有危險啊！這是為了這個城鎮好！我……我……！我只是想拯救這個城鎮而已啊！」

阿克婭抓住其中一名騎士，開始使用眼淚攻勢。

我是有個辦法可以通過這裡，不過這個狀況好像很好玩，所以我決定暫時看一下好戲。

「不行就是不行，回去回去！」

「啊！等一下啦！我總覺得你其實長得很有型耶！尤其是側臉，我覺得看起來很像紅龍，真是帥氣極了！」

「妳的意思是我有張蜥蜴臉嗎！」

眼淚攻勢不成，改用灌迷湯攻勢了是吧。

「……我知道了。如果你們無論如何都不讓我們通過這裡的話，我就哭著衝進後面的阿克西斯教堂，說你們艾莉絲教徒對我出言不遜！」

「妳在說什麼傻話啊！」

「可惡，阿克西斯教徒就是這種地方最難搞了！話說回來了，妳有著藍髮藍眼啊！我看妳就是前幾天到處惡作劇，把溫泉變成熱水的那個人對吧！」

「不、不是啦！那只是在淨化溫泉……！」

「果然就是妳！既然如此，我們就更不能讓妳們過去了！好了，回去吧！」

最後終於改用威脅的阿克婭，就這樣被這個理由打發掉了。

「果然會變成這樣啊。好了，我們上，達克妮絲。這可是妳少數可以表現的機會。」

「少什麼數！喂，我偶爾也是可以好好派上用場的好嗎！別、別推我！」

在我身旁的惠惠好像也看出我接下來要讓達克妮絲幹嘛了。

「你們知道這位是誰嗎！這位可是大貴族達斯堤尼斯家的千金，達斯堤尼斯・福特・拉拉蒂娜大小姐！這件事情非常緊急，對這個城鎮而言也相當重要！」

「「咦！」」

「沒錯，請兩位將這個當作是達斯堤尼斯家的命令。昨天發生的溫泉汙染騷動遍及整個城鎮，這件事與其當成是個別溫泉遭人下毒，更有可能是源頭受到汙染。我們是奉大小姐之命，才會像這樣前來調查。」

被推上前去的達克妮絲，緊緊握住她藏在胸前的項鍊。

「這的確是緊急情況，但也不能像這樣行使權力……！」

達克妮絲似乎有話要說，於是我從背後鎖住她的肩頸，同時說：

「大小姐，請將您藏在胸前的項鍊拿出來，驗明正身吧！大小姐，請不要抵抗……大小姐……！乖乖交出來啦，大小姐！」

「和真，用力固定住她喔！我現在馬上就……哇啊！好痛、好痛，會痛啦，達克妮絲！維茲——！惠惠——！快點拿出來！快趁現在拿出她的項鍊！」

「維茲，請妳抓住右手！阿克婭繼續抓住左手……乖啦大小姐，別再做無謂掙扎了！」

「對、對不起！達克妮絲小姐，對不起！」

「你們幾個，住手……！達、達斯堤尼斯家才不會這樣濫用權力……！啊啊！」

惠惠硬是搶過項鍊，拿給騎士們看。

「來吧，請看！這樣你們就願意放行了吧！」

「請、請原諒我們的失禮！」

「非常抱歉，是我們無禮！」

兩名騎士連忙讓出一條路，而惠惠看見兩位騎士在看到項鍊之後就態度大變，似乎覺得相當爽快，便說道：

「……這可不可以暫時借我一陣子？」

「當然不可以，還來！」

達克妮絲一把將項鍊搶回去，這讓惠惠雙肩一垮。

——這時，看著這樣的我們，兩位騎士戰戰兢兢地說：

「不、不好意思，達斯堤尼斯大人。您說是來調查源頭的，不過，其實溫泉的管理人剛才已經上山去了。」

「而且他還說，他要調查汙染的原因，所以無論任何人來到這裡都不准放行……」

聽騎士們這麼說，我們面面相覷。

時機這麼巧？

那個什麼溫泉管理人的，也認為源頭受到汙染了嗎？

……為了謹慎起見，我問了騎士：

「那位管理人是不是一個膚色偏黑，留著一頭棕色短髮的男人？」

「不，是一位金髮的老人。他管理這裡的溫泉已經有很長一段時間了。」

不是啊……不過這樣的話，那個男的到底上哪去了？

他的外型還滿引人注目的，而且都已經通緝他了，也差不多該找到了才對。

「前方的山地也是怪物的棲息地。如果真的要去的話還請小心，達斯堤尼斯大人。」

3

我們撥開叢生的草木，走在到處留有積雪的險峻山路上。

原本以為湧出溫泉的山應該會布滿硫磺，而且寸草不生才對，結果卻是這副模樣。

難得來一趟溫泉旅行，為什麼還得爬山啊？

「是說，原來達克妮絲小姐是達斯堤尼斯家的千金啊——至今真是對您太過失禮了。」

成員當中唯一不知道達克妮絲是貴族的維茲鞠了躬，同時這麼說。

「不，我希望維茲可以像之前一樣對待我，這樣我也比較開心。」

「這樣啊？既然達克妮絲小姐都這麼說了，那好吧。」

說著，維茲露出微笑。看著這樣的她，達克妮絲嘆了口氣。

「這才是健全的人的反應嘛……看維茲這樣我就放心了。近來，他們幾個人對待我的態度實在是太過隨便了……」

心情顯得相當複雜的達克妮絲，一面在最前面開路，一面這麼說著。

「妳這個女人還真是麻煩啊。到底想要我們把妳當成貴族千金還是同伴，講清楚好不好啊？不過，如果想要我們把妳當成千金大小姐看待的話，妳得先改掉一生氣就喊殺喊打的壞毛病，還有那顆頑固的腦袋才行。」

「不准說我麻煩！而且最沒資格批評我遣詞用字的人，就是和真了！和真的年紀明明就比我小吧，可是你不但對我說話沒大沒小的，對任何人也都一樣……」

「妳在說什麼啊，這當然是因為我真的把達克妮絲當成同伴啊。沒錯，在我心目中，妳不是比我年長的貴族千金，拉拉蒂娜小姐，而是可靠的十字騎士，達克妮絲。」

「……這樣啊。既、既然如此，那我就沒意見了……」

聞言，達克妮絲心情立刻轉好，害羞地紅著臉，繼續行軍。於是我輕聲說：

「真好騙。」

「真的很好騙。」

「也太好騙了。」

「各、各位！」

「嗯……？」

維茲不禁制止我們，而帶著好心情走在最前面的達克妮絲，則是一臉疑惑地轉過頭來。

「不過我們也走很久了耶。再說，這座山上不是有怪物出沒嗎？那個在我們之前就前往源頭的管理人，不知道有沒有事啊？他們剛才說，那是個金髮的老人對吧。」

就在我不經意地提起這件事的時候——

像是在回答我這個疑問似地，遠方傳來一陣打鬥的聲音。

「都是和真要說那種像是在插旗的話啦！」

「才、才不是呢，笨蛋！我單純只是覺得很疑惑……！」

「你們兩位別鬥嘴了，快過去看看吧！」

經維茲這麼糾正，我們連忙朝著聲音傳來的方向趕過去。

前方是一片異樣的光景。

「這、這是怎麼回事……」

惠惠茫然地這麼說。

當我們趕到的時候，看見的並不是管理人的蹤影，而是——

「這該不會是……初學者殺手吧？」

達克妮絲蹲到黑色的東西旁邊，仔細端詳了起來。

這裡肯定發生過戰鬥。

然而，周圍並沒有刀劍留下的缺口、魔法留下的焦痕，又或是諸如此類的痕跡。有的只是初學者殺手的黑色皮毛，以及那對巨大犬齒。

僅剩的一點殘骸，也像是被酸液還是什麼的東西給溶過了一樣……

「說到初學者殺手，昨天雖然被維茲輕鬆擊退了，可是照理來說，應該是連中級冒險者也只能勉強打倒的敵人，對吧？」

聽我這麼說，大家好像也都察覺到我的言下之意是什麼了。

一個普通的老人有辦法打倒初學者殺手嗎？就是這個疑問。

也就是說……！

「管理溫泉的老爺爺是個很強的高手吧！我們趕快跟他會合，請他保護我們吧！」

……只有一個人完全沒有察覺到我想說什麼。

「最好是有哪個老人家可以單槍匹馬打倒初學者殺手啦！而且看看這個狀況，怎麼想都是某種非人類的東西幹的好事吧！」

「什、什麼嘛！阿克賽爾的肉店大叔都可以一個人狩獵蟾蜍還有火龍獸了！有個可以揍死初學者殺手的老爺爺也不奇怪吧！」

「不要拿那種特例出來討論！再說了，妳看這隻初學者殺手的屍體，也知道有很多可疑之處吧！」

沒錯，這具遭到溶解的屍體太可疑了。難道是用了魔法嗎？

但有那種溶解敵人的作弊魔法嗎？

「無論如何，我們都要保持警戒。對方可能不是普通的老人家。」

聽我這麼說，除了阿克婭以外的人都默默點頭。

……接著，阿克婭不滿地說：

「廚師老爺爺也說過，他以前曾經做過殘暴短吻鱷的現宰料理啊……」

還在講喔！

4

不知道已經走了多遠的距離。不過幸好，我們不可能走錯路。

為了從源頭將溫泉輸送到鎮上去，他們在山上建造了六根巨大水管。

想要前往源頭的話，只要走在水管旁邊就可以了。

但是，留有殘雪的山路，走起來相當耗費體力。

我心想大家應該也很累了，於是觀察了一下狀況……

「吶，維茲。妳是巫妖對吧？妳有沒有什麼方便的巫妖魔法，能飛天遁地之類的啊？」

「阿克婭大人，並沒有巫妖魔法這種東西喔。不過我倒是有幾招獨自開發的魔法，但全都是攻擊用的……」

「喔，獨自開發的魔法，真是令人好奇啊。威力總不可能比爆裂魔法還要強大吧？」

「嗚嗚……原本聽說有怪物出沒，我還滿期待的，可是從剛才到現在都完全沒碰上……究竟是怎麼回事……」

結果大家都還生龍活虎的。

「喂——妳們幾個！稍、稍微把速度再放慢一點吧，要是就這樣碰上敵人的話，就得在……累到……喘不過氣的狀態下戰鬥才行，對吧？」

已經上氣不接下氣的我，斷斷續續地這麼說，讓阿克婭歪了一下頭。

「……我知道和真的能力低落，但沒想到居然弱到這種程度呢。」

真、真教人火大！

「這麼說來，和真的體力數值是多少啊？要是跟身為大法師的我差不多程度的話，就真是太慘不忍睹了喔。」

惠惠不以為然地這麼說。

氣喘吁吁的我拿出卡片，默默遞給來到我身邊的惠惠看。

「…………這個，該怎麼說呢。和真在我們幾個之中是等級最低的一個嘛，不需要太在意這種事情。沒錯，接下來只要好好練等就可以了。」

惠惠將視線從卡片上移開，開始安慰我。

「喂，妳這樣是表示我的能力和妳差不多程度對吧？」

「我們休息一下好了！從剛才開始就一直趕路，卻完全沒追上，所以與其繼續急著行軍，不如在體力充沛的狀態下追上敵人，還來得重要。」

「唔、喂，不會是我比妳還差吧？我力量、體力之類的數值，該不會比惠惠還低吧？」

惠惠沒有回答我的問題，原地坐了下來。

還、還是認真練等吧……

休息結束後，我們再次開始行軍。接著走了一段路，突然來到一根水管的盡頭。

水管前方，是不斷冒出溫泉的源頭……

……不，等一下。

「喂，這裡的溫泉是黑色的耶。」

「這有毒吧！這完完全全就是有毒的吧！」

阿克婭在如此大喊的同時，就連忙將手伸進漆黑的源泉當中……！

「好燙——！哇啊啊啊啊啊啊，會燙傷！我會燙傷啦！」

「妳這個白痴，哪有人會把手伸進源泉裡啦！快點把手縮回來！」

「可、可是可是！好燙好燙好燙——！」

儘管不停哭喊，阿克婭還是沒有把手從漆黑又混濁的源泉當中縮回來。

我連忙跑了過去，對著阿克婭的手大喊：

「『Freeze』！」

同時施展出初級的冰凍魔法，冷卻源泉……

……但我的魔力太弱，「Freeze」看起來一點作用都沒有。

「『Freeze』！」

急忙趕到的維茲，也同樣施展了冰凍魔法。

不知道是因為魔力之差還是種族之差，維茲施展的「Freeze」急速降低了源泉的溫度。

「呼……謝啦，維茲。還有和真也是，我有點感謝你。」

「有點感謝是怎樣啦。」

維茲不斷朝阿克婭將手伸進源泉的地方施展「Freeze」。

在這段時間內，原本漆黑又混濁的溫泉，逐漸變成清水般透明。

「這樣就可以了……可是要淨化水管的內部沒這麼簡單，所以這個源頭可能要等上一段很長的時間才能再次使用……『Heal』！」

完成溫泉的淨化，阿克婭朝自己燙傷的手施展了「Heal」之後，平常亢奮得像個傻瓜似的她變得垂頭喪氣，看起來非常傷心。

看她變成這樣，連我都覺得心情低落了起來……

無論如何，這下就可以確定有人在汙染源頭了。

雖然不知道管理人和那個男人有什麼關係，不過只要繼續追上去，自然會真相大白。

——路上，我們經過了其他接了水管的源頭，也全都遭到汙染。

阿克婭也將那些一一淨化，六根水管當中有四根的源頭都已經完成淨化了。

不過，當然這些源泉都必須等上相當長的一段時間，才能夠再次使用吧。

這時，我們已經差不多來到接近山頂的地方了。

正當我開始想要放下一切轉頭走人的時候，卻看見遠方有個看似人影的東西。

我使用千里眼技能觀察那個人影。

「……奇怪？果然是那個傢伙嘛。」

我看見的並不是騎士們說的金髮老人，而是我在浴場撞見的那個男人。

「怎麼了？為何突然停下來？」

阿克婭狐疑地看著停下腳步的我。

我指著前方，並且告訴大家那個通緝單上的男人就站在那邊。

「我看見了，那邊的確有個人影。不過，他在那邊做什麼啊？那裡有溫泉的源頭嗎？」

「大概吧。你們看，水管到那邊就是盡頭了……等一下，那就表示那傢伙現在……！」

喂，他不會是正在對源頭下毒吧！

我們連忙衝了過去，而對方似乎也察覺到了我們。

當我們跑到那個男人附近時，他露出一臉奇怪的表情說：

「你們幾位有何貴幹？這裡只有溫泉的管理人可以進來，你們是怎麼來到這裡的啊？」

聽男子若無其事地這麼問，阿克婭指著他大喊：

「你在裝什麼蒜啊！竟敢糟蹋這個城鎮的溫泉！我們是來收拾你的，覺悟吧！」

「糟蹋溫泉？我只是在管理這個溫泉而已啊，我完全聽不懂妳在說什麼……」

見男子臉不紅氣不喘地裝傻，阿克婭露出一臉困惑的表情，轉頭過來向我求救。

既然沒有勝算就不要衝第一個嘛。

「裝傻也沒用喔，要不要說說看你在這裡做什麼？自己也覺得在溫泉裡下毒太拐彎抹角，所以直接跑來源頭下毒了，對吧？我看，昨天的汙染騷動，八成也是你來確認這裡的源頭和鎮上的溫泉確實相連，是不是？」

「來到這裡的路上所經的源頭都已經遭到汙染了。正如惠惠所說，請說明一下你在這裡做什麼吧。我是達斯堤尼斯．福特．拉拉蒂娜，我以貴族特權要求你，跟我到行館一趟。」

惠惠和達克妮絲如此逼問男子，但他只是若無其事地歪了一下頭說：

「我不是說了嗎，妳們在說什麼我聽不懂。要不然，妳們可以立刻在這裡檢查我帶在身上的東西啊。保證妳們絕對找不到毒……藥……？」

男子的聲音原本充滿自信，卻逐漸變得越來越小聲。

而在他的視線前方……

「嗯———？這是哪位啊……我應該見過這位先生才對啊……」

是手摸著下巴，盯著男子思索的維茲。

男子見狀，迅速轉過身，同時說：

「總、總之，我也只是因為這次的騷動而前來調查罷了，所以……」

「啊啊———！漢斯先生！你是漢斯先生對吧？」

就在男子含糊地辯解時，維茲突然如此大喊。

「漢、漢斯是誰啊？我是這個城鎮的溫泉源頭的管理人……」

「漢斯先生！好久不見了，是我啊，我是維茲！巫妖維茲啊！」

不斷被稱作是漢斯的男子，以顫抖的聲音試圖蒙混過去，但維茲卻毫不顧慮他的處境，好像很懷念一樣，接連跟漢斯搭話。

漢斯瞄了一直盯著他看的維茲一眼，然後說：

「妳說的巫妖，就是危險至極的不死怪物巫妖吧？我還是不太懂妳是在說什麼……總、總而言之，我身上並沒有攜帶任何毒物，所以你們沒有證據……」

「啊，說到毒！我記得漢斯先生是死亡劇毒史萊姆的突變種對吧！難不成是漢斯先生對源頭下毒的嗎？」

漢斯的藉口，就這樣被維茲不經意地攻破了。

而壞了漢斯好事的維茲則跑到他身邊說：

「漢斯先生，你為什麼從剛才開始就一直不理我呢？是我啊，我是維茲啊。這麼說來，漢斯先生還會擬態呢。你是擬態成那位溫泉管理人老爺爺，才能夠來到這裡的嗎？漢斯先生，漢斯先生啊！」

「等、等一下，別這樣，妳是怎樣，我根本不認識妳……等等，拜託妳別這樣搖我！」

漢斯依然堅稱不認識她，而維茲則是抓著他的肩頭不斷搖晃。

「你該不會真的忘記我了吧？是我啊，你回想一下，以前我們在魔王先生的城堡……」

「啊啊啊啊啊啊——！對了，我還有急事要辦！其實是這樣的，我調查過這個源頭之後，找到了汙染的原因！我現在要立刻趕回鎮上去，先告辭了………請你們讓開好嗎？」

「你想去哪裡啊，漢斯。」

「你休想通過這裡，漢斯！」

「你以為那種藉口有人會信嗎，漢斯？」

漢斯想要逃跑，但她們三個人擋到他身前。

而我對表情扭曲，不禁往後退了幾步的漢斯說：

「別再掙扎了，差不多該表明真實身分了吧，漢斯。」

「漢斯東漢斯西的，不准隨便直呼我的名諱啊，你們這群狗屁不如的東西！而且為什麼維茲會在這裡啊！妳不是說離開魔王城之後，要找個城鎮開店嗎！那幹嘛在這個溫泉城鎮閒晃，給我乖乖工作去啊！」

終於展現出本性的漢斯突然惱怒，緊咬著維茲不放。

「太、太過分了！人家也很認真工作啊！雖然不知道為什麼我越工作就會變得越窮，可是我每天都非常努力耶！」

維茲也用這番讓人搞不太懂的說詞回嘴，不過現在不是管他們的時候。

漢斯沉沉地嘆了口氣，緩緩搖搖頭說：

「唉……怎麼會這樣。為了這個計畫，我花了相當長的時間調查這個城鎮，完成了事前準備，好不容易才付諸實行……維茲，我記得妳只負責維持魔王城的結界，除此之外一概不協助魔王軍吧。相對的也不會與我們為敵，雙方應該是互不干涉的關係才對。但是，妳到底是為什麼要妨礙我啊？」

「咦咦！我、我妨礙到漢斯先生了嗎？我只是因為很久沒見到漢斯先生了，才向你打招呼而已啊！」

「這就已經妨礙到我啦！妳看！都妳害得我的真實身分曝光了啦！」

也不知道她是天生少根筋，還是故意的。

被維茲拆穿真實身分的漢斯放低身體重心，擺出架式。

「維茲，妳打算怎麼做？是要和我打一場，還是直接放我離開？」

漢斯警戒的，好像只有維茲一個人。

這也是理所當然。維茲剛才說，這個男人是死亡劇毒史萊姆。

名字當中又是死亡又是劇毒的，聽起來好像很危險，不過再怎麼說都是史萊姆。

和身為巫妖的維茲相較之下，以怪物的層次而言完全沒得比。

什麼嘛，在浴場遇見的時候還他以為是強敵，原來是史萊姆啊。

「怎、怎麼這樣……漢斯先生，他們幾位是我的朋友。然後，要是這個城鎮沒了溫泉，會讓他們很傷腦筋。所以……能不能……大家好好談一談啊？」

維茲不好意思地這麼說，這卻讓漢斯笑了。

「哈哈！妳這個傢伙還是一樣，變成巫妖之後整個人都婆媽起來了！當妳還是大法師，不斷獵殺我們的時候，根本就不會說出好好談一談這種字眼啊。」

「唔……那、那個時候，我也還不太懂得瞻前顧後……」

說著，維茲害羞地忸忸怩怩了起來。

維茲現在看起來忠厚老實，但看來以前也是個打打殺殺，相當衝動的人是吧。

回到鎮上之後，一定要叫她和巴尼爾好好講一下他們以前的故事。

就算是為了這個……

「喂，不好意思，你們的同學會也差不多該告一個段落了吧？……你叫漢斯對吧，我名叫佐藤和真。過去曾經在對付魔王軍幹部貝爾迪亞的討伐行動中擔任要角，在對付危險的通緝對象機動要塞毀滅者的破壞行動當中負責指揮，然後不久之前，也參加了討伐千里眼惡魔巴尼爾的行動。」

也要趁早收拾掉這個傢伙，結束這場騷動，回到鎮上去！

「你、你說什麼？像你這種看起來就很弱小的男人……！裝備也那麼破爛，像你這種傢伙，竟然在討伐貝爾迪亞和巴尼爾的時候參了一腳？」

你管我。

「劈頭就說我看起來很弱小也太過分了吧。不過，即使看起來弱小，我可是跨越了生死關頭好幾次喔。」

「事實上也死過好幾次呢。」

阿克婭在我身後輕聲潑我冷水。

「我打從一開始就知道你是魔王軍的爪牙了啦。應該說，你不記得我了嗎？前幾天，我們曾經在某間旅店的混浴見過面。」

「嗯……？啊啊！你是那天那個眼神有如禽獸的男人！」

說、說我是禽獸也太沒禮貌了吧。

「那個時候我就聽到你們的對話了啦！聽到你們打算對阿克西斯教團不利的邪惡計畫！在浴場撞見你的時候，我早已察覺到你們對我有所警戒。當時之所以一直盯著那位巨乳大姊的身體看，也是為了讓你們放下警戒。」

「喂，明明就是因為不想被捲進麻煩當中而一直瞞著我們沒講，這個男人竟然若無其事地說出那種話耶。」

達克妮絲在我身後這樣說……

後面那幾個從剛才開始就一直很吵耶。

這時，我發現漢斯在聽我這麼說之後退了幾步。

剛才他還一直只看著維茲一個人，但現在他已經把我當成最優先戒備對象了。

「面對本大爺也絲毫不退縮。原來如此，照你這個態度看來，應該不是在虛張聲勢。」

漢斯瞪著我這麼說。

還本大爺咧，不過是隻史萊姆，講話竟然這麼跩。

沒錯，眼前的這個傢伙雖然變成了看起來很強的人類身體，但其實是史萊姆。

就是那個在各種遊戲當中都出現過的低等小怪物。

從死亡劇毒這個名稱看來，應該是以毒為主要武器，但我們有能淨化毒素的阿克婭在。

說穿了，我完全找不到會輸的理由。

「乖乖投降吧。維茲！妳和這個傢伙原本是同事吧？維茲應該不想和他戰鬥才對，妳就退到後方去吧。」

「和、和真先生？站在我的立場來說，確實是希望能夠避免戰鬥……但是你沒問題嗎？漢斯先生他……！」

在往後退的同時，維茲好像大聲喊著什麼。

我輕輕抽出日本刀，經過打磨的銳利刀鋒在陽光底下綻放光芒。

新買來的武器，第一個試刀對象竟然是史萊姆啊。

阿克婭她們也在背後各自擺出架勢，做好隨時可以開戰的準備。

達克妮絲站到我身旁，手拿大劍，毫不鬆懈地指著對手。

「……看來你們是來真的。好吧！區區冒險者竟然敢挑戰本大爺，好久沒碰上這種事了！大家都在看見我的本性的同時拜倒在地，抱頭鼠竄，乞求原諒。看來你很有骨氣啊！」

說著那種大頭目般的誇張台詞，漢斯展開了雙手。

「我名叫漢斯！是魔王軍幹部，死亡劇毒史萊姆的突變種，漢斯！」

然後大聲喊出那個普通到不行，幾乎可以說是菜市場名的……

「……他剛才說什麼？」

這隻史萊姆到底在說什麼？

我好像聽到魔王軍幹部這五個字。

這時，維茲在我身後大喊：

「和真先生！漢斯先生在魔王軍幹部當中，也算是懸賞獎金高的一位喔！他非常強，你要非常小心喔……！」

事到如今才提供我這種情報也不能怎樣啊。

在舉著日本刀向後退的同時，我輕聲問了站在身邊的達克妮絲：

「吶，達克妮絲，史萊姆是嘍囉對吧？是低等的嘍囉對吧？」

舉著大劍，毫不鬆懈的達克妮絲聽了便說：

「史萊姆是嘍囉？這種蠢話是誰告訴你的啊？小隻的史萊姆也就算了，大到某種程度的史萊姆可是強敵喔。首先，物理攻擊幾乎起不了作用；對魔法的抗性也很強，胃口很大，什麼都吃。一旦被纏上八成就沒救了，史萊姆會從鎧甲的縫隙侵入，黏住身體，以消化液溶解獵物，或是堵住口鼻悶死獵物。」

那是怎樣，也太可怕了吧……應該說……不對喔……

難不成，我剛才挑釁了一個非常不得了的強敵嗎？

「死亡劇毒史萊姆千萬碰不得喔，和真！而且那個傢伙能夠汙染整個鎮上那麼大量的溫泉，肯定是具有強烈的劇毒！毒到混進鎮上的溫泉裡，都可以危害人體了，要是直接觸碰到的話，八成會當場死亡！」

「……當、當場死亡？」

惠惠的警告讓我的心臟不停鼓動。

「放心吧，和真！就算死了也有我在！不過，只有捕食攻擊這招，要是中了就沒救了喔！被他抓住，身體遭到溶解的話，就算是我也無法讓你復活！」

聽阿克婭這麼說了之後……

「好了，儘管上吧，勇敢的冒險者啊！讓本大爺好好玩一……玩……？」

我立刻背對漢斯，盡全力逃跑。

5

我撥開草木，順著山坡向下滑。

細小的樹枝打在我的臉上，劃出細小的傷痕。

「哇啊啊啊啊啊，和真先生——！等一下——！等等我們啊——！」

「混帳東西，快點跟上！不然我就要丟下妳們不管了喔！」

不妙不妙不妙！

那個傢伙是截至目前為止最不妙的敵人！

什麼碰一下就會死，又什麼遭到捕食就會被溶解到無法復活，是怎樣！

「達克妮絲，跑起來啊！那樣真的會死人！放棄吧！」

「啊啊……史萊姆……難得有史萊姆……」

達克妮絲以依依不捨的聲音嘆息，而惠惠拉著她的手，跟在我身後。

對於史萊姆這種帶有濕滑黏液的怪物表現出異常執著的達克妮絲，原本還想獨自和漢斯交戰的，但我們終究阻止了她。

雖然覺得達克妮絲可能抵擋得了他的攻擊，但她的攻擊對漢斯又起不了作用。

「和、和真先生在上山的時候爬得上氣不接下氣的，下山的時候倒是很快呢……！」

維茲則是在最後面拚命跟著我們。

而在維茲身後的是……

「開什麼玩笑啊，臭人類！說了那麼多大話挑釁我之後卻逃跑，身為人類，你這樣可以嗎！再怎麼說你也是冒險者吧，都不覺得丟臉嗎！」

是面紅耳赤的漢斯。他正全力衝刺，追趕著我們。

「我是冒險者沒錯！可是再怎麼說我也是最弱小的職業，冒險者。怎麼可能對付得了魔王軍的幹部啊！」

「什麼最弱小的職業！這種傢伙還敢跟我嗆聲……！……什麼？」

突然，漢斯停下了腳步。

於是我們也跟著稍微放慢了速度。

「你是冒險者嗎？人稱最弱小職業的那個冒險者？不是作為通稱的冒險者，而是和大法師、祭司之類的一樣，作為職業來說的冒險者？」

「對、對啦，有何指教？」

漢斯的眼睛瞬間冒出血絲，但隨後閉上眼睛，嘆了口氣。

明明是隻史萊姆，反應也太像人類了吧。

「我就放你一馬。快滾吧，小嘍囉！」

惡狠狠地這麼說完之後，漢斯便轉頭沿著原路回去，再次往源頭前進。

「……呼，這樣就解決了。」

「解決你個頭！怎麼辦，他回源頭去了啦！」

阿克婭抓著我這麼說。但老實講，那個真的太危險了。

「但妳有辦法打倒那個傢伙嗎？維茲應該不想和他交手，達克妮絲也不見得抵擋得了那個傢伙的毒吧？難道要從遠方偷襲，讓惠惠用爆裂魔法解決他？」

「那個……要是對漢斯先生使用爆裂魔法的話，爆炸之後漢斯先生的身體會散布到各處，使得這一帶都遭受到汙染。史萊姆對於魔法也有強大的抗性，想要完全燒燬，使其消失殆盡，恐怕相當困難……」

完全沒戲唱了啊。

「不是我要自誇，這次我真的完全派不上用場喔。如果是物理攻擊能夠奏效的對手，或許還可以讓我新買的愛刀發揮一下。」

「所以啾啾丸得等到下次才能上場囉。不過，就這樣放著他不管的話，他會衝到源頭去喔。到時候那個魔王軍幹部就可以為所欲為了。」

「不准用那個奇怪的名字稱呼我的愛刀，我是絕對不會用那個名字的……不過，這下可傷腦筋了啊。吶，阿克婭，乾脆放棄這個城鎮的溫泉吧？再創建一個新的產業不就好了。而且說真的，阿克西斯教團本身就是一群沒用的傢伙吧。」

我試圖以講道理的方式說服阿克婭，但她卻伸手想掐我的脖子。

就在我和這樣的阿克婭扭打起來的時候，漢斯的背影已經變得越來越小了。

阿克婭見狀，便開口說：

「我明白了……既然如此，就由我來淨化那隻史萊姆吧！」

隨之講出來的，卻是如此魯莽的事情。

6

我們跟在漢斯的後面追了上去，隨後就在剩下的兩個源頭之中，他剛才正打算下毒的那個源頭旁找到了。他將右手伸了進去，正在汙染源頭。

看來似乎已經混了很多毒素進去，即使在這麼遠的地方，也看得出源頭已經變得黑濁。
當然，輸送溫泉的水管裡面想必也灌滿毒素了吧。
「那個傢伙沒想過要直接破壞這些管線嗎？」
我不懂他為何要特地跑到源頭來，一個一個下毒。
沒錯，管線壞了總有一天可以修好，但要是源頭遭到汙染，照理來說就無法再度使用。
難道就只是為了斬草除根嗎？
這麼說來，像阿克婭這樣能夠淨化劇毒的祭司應該也很少見吧。
「這些管線好像是以魔道金屬打造的，想破壞還沒那麼容易。畢竟溫泉是這個城鎮的生命線，而這些管線是用來輸送那些溫泉的，才會特地重金打造吧。」
原來還有這一層原因啊。正當我聽了惠惠的說明而恍然大悟時，負責淨化遭到汙染的源頭的阿克婭十分焦躁地說：
「喂，你們著急一點好不好！這是非常嚴重的事情耶！要是連最後一個源頭也遭到汙染的話，這個城鎮的溫泉就暫時都不能用了！要是真的發生這種事情的話，這個城鎮的阿克西斯教團也會跟著瓦解耶！」
「「「這樣不是很好嗎。」」」
「哇啊啊啊啊啊啊啊——！」

我們三個異口同聲地這麼說，害阿克婭跑去找維茲哭訴。

「各、各位別這樣嘛！別再捉弄阿克婭大人了！更重要的是，再這樣下去……！」

我並不是在捉弄她的說。

那種讓人頭痛的團體，還是消失一下比較好。

「怎麼，你們又來啦。無論如何，都只剩下一個源頭了。只要汙染了那個源頭之後，我也不需要再繼續待在這個城鎮了。終於啊！我終於可以揮別這個可恨的城鎮了！」

這個魔王軍的幹部在埋伏於這個城鎮的這段期間內，大概也因為阿克西斯教徒們，而吃了不少苦頭吧……

「你在這個城鎮待多久了啊？……啊，這麼說來！既然你是擬態成溫泉管理人，才能夠入侵這裡的吧。那你把真正的管理人怎麼了！是個金髮的老爺爺沒錯吧？那個人……」

「吃掉了。」

漢斯非常自然，也非常簡短地這麼說。

……吃掉了？

「咦？你剛才說……」

「他被我吃掉啦。我是史萊姆，吃是我的本能。再說，我能擬態的對象也就只有……」

當「被我吃掉的人」這幾個字正準備從漢斯的嘴裡冒出來時——

「『Cursed Crystal Prison』。」

一個給人冰冷印象的靜謐聲音，在留有殘雪的山上擴散開來。

「——唔！啊啊啊啊啊啊啊啊！」

隨著凜冽的聲響，受到汙染的源頭連同漢斯伸進去的右手，瞬間遭到凍結。

右手被凍住，整個人被固定在源頭的漢斯放聲慘叫。

我看向發出那個聲音的施術者。

也就是完全沒有平常敦厚的感覺，展現出最強不死者——巫妖應有風範的維茲。

維茲面無表情地注視著手被凍住，還不斷慘叫的漢斯說：

「我記得我保持中立的條件、不對魔王軍成員動手的條件，限於只針對冒險者和騎士下手，不殺無力戰鬥者的成員，對吧？」

「維茲！住手！解除魔法！維茲——！」

漢斯如此大喊，但維茲完全沒聽進去。

「冒險者在戰鬥中喪命，是無可奈何的事情。他們也是日夜奪走怪物的生命，並以此為生，所以自己也應該要做好反遭獵殺的心理準備；騎士亦然。他們收取稅金，並以保護人民

作為代價。既然有這樣的對價關係，取人性命、喪失性命也是難以避免的事。但是……」

「維茲！妳真的想跟我打嗎！要是我們在這裡開戰，這附近會完全遭到汙染……！」

漢斯似乎還打算說些什麼。

「但是，管理溫泉的老爺爺……他一點罪過都沒有啊。」

然而，一臉悲傷的維茲只是平靜地如此控訴。

這時，有人緊緊拉住我的衣角。

我嚇了一跳，轉過頭去，看見的是緊緊靠在我背後的阿克婭跟惠惠。

……大概是看見維茲認真起來，而且不同於以往的模樣，而被嚇到了吧。

應該說，我也覺得有點害怕。

站在我身旁的達克妮絲大概是為了準備支援維茲，她壓低了身子，擺出隨時都可以衝出去的姿勢。

可惡，就連那麼敦厚的維茲都擺出這麼強烈的幹勁來了。

我也該下定決心才對！

「維茲！不好意思，我壓根沒有要跟妳打的意思！我要早點結束我的工作早點閃人！」

說著，漢斯在我們眼前自己折斷了遭到凍結的右手。

結凍的右手應聲而碎，從右臂的斷口又長出半透明的新手臂來。

漢斯將右手留在原地，朝向最後一個源頭開始衝刺而去！

7

我們跟在漢斯後面一直跑。

話說回來，我們從剛才開始就一直都在跑步，是怎樣啊我的溫泉旅行，我是來療癒身心，不是來鍛鍊身體的！

「和真先生——！那隻史萊姆有夠快的！史萊姆應該是軟軟的、可愛可愛的，或者是黏黏的、遲鈍遲鈍的才對吧——？」

阿克婭對於史萊姆的印象和我完全一樣。

應該說，史萊姆會思考就已經很奇怪了。

他的腦袋長在哪裡啊！

「漢斯先生，我不會再讓你繼續前進了！『Cursed Crystal Prison』！」

「可惡，妳果然是我的剋星！」

維茲的魔法在距離最後一處源頭數十公尺的地方，將漢斯的下半身冰凍了起來。

史萊姆的魔法抗性據說很強，而且他又是魔王軍幹部等級的突變種史萊姆，維茲卻能夠輕而易舉地將他冰凍起來，真不愧是巫妖。

但是……！

「我還有這種招數可用啊！維茲，妳還是一樣百密一疏！」

漢斯扯斷自己的右手，朝源頭丟了過去。

「「「啊啊！」」」

除了我和漢斯以外的所有人，都看著畫出漂亮的拋物線朝源頭落下的手臂，驚叫出聲。

至於我……

「狙擊！」

則是拿著弓箭，使用狙擊技能，將飛在半空中的那條手臂給射了下來。

「啥！」

漢斯驚訝地瞪大雙眼，來回看著我和源頭。

接著他一咬牙，將結凍的下半身撕扯成一塊一塊的，並接連丟向源頭。

狙擊技能的命中率，端看手腳的靈活度和幸運值的高低。

但是，無論我的運氣再怎麼好，要對付那麼多目標還是有困難！

「阿克婭——！對我用那個妳在跟我猜拳時，用過的那招讓運氣變好的魔法——！」

「咦？我、我知道了！」

在我們爭奪馬車的座位時，阿克婭用過一招祝福魔法。

我叫她用那招暫時提升我的運氣數值！

「『Blessing』！」

「狙擊！」

在阿克婭對我使用支援魔法的同時，我射出經過狙擊技能加強射程和準確度的箭。

而接連射出的箭，都不偏不倚地擊落漢斯丟出去的大量碎片。

看見這一幕，除了我和漢斯以外的所有人都鬆了一口氣。

「太、太誇張了吧——！開什麼玩笑啊，哪有命中率高到這麼鬼扯的啦！」

就在漢斯怒吼的時候，惠惠說：

「可別小看這個男人的好運！他可是各項能力都比魔法師還要低，卻能夠只靠運氣和諸多強敵奮戰至今的男人！」

「喂，妳要稱讚我就稱讚我，不要順便偷酸我好嗎！」

看著腳被凍住的漢斯，我和惠惠放心了不少，都有心情這樣耍嘴皮子了。

然而，這與其說是放心，不如說是疏忽大意吧。

不死心的漢斯又扯下自己身體的一部分丟了出去……

「和真，那種東西，他丟多少你就可以射下多少對吧！」

阿克婭看見他這麼做，手插著腰，露出氣定神閒的笑容，對我這麼說。

「包在我……！……啊。」

打算擊落目標的我，就在準備射箭的時候，才發現到一件事情。

「怎麼？和真，怎麼了嗎？」

就在阿克婭疑惑地這麼問的時候。

漢斯的身體「噗通」一聲，掉進溫泉裡了。

「「「咦！」」」

除了我以外的人，包括漢斯都驚叫出聲了，而這時我小聲地說：

「……沒箭了。」

「——哇、哇啊啊啊啊啊啊啊——！」

阿克婭連忙衝向最後一個源頭，作勢要把手伸進去。

「不可以，阿克婭大人！那裡面有漢斯先生的身體的一部分！和之前的汙染完全是不同層次的啊！」

不顧維茲的勸阻，阿克婭毫不猶豫地把手伸進源頭。

「啊啊啊啊好燙好痛好燙——！『Heal』！『Heal』！維茲，快想想辦法啊——！最後一個源頭和管線要遭受汙染了！」

「阿克婭大人！……『Light of Saber』——！」

一面忍著疼痛，一面以「Heal」治療自己的燙傷的阿克婭大喊。

維茲見狀，她的手刀一揮，以光之魔法切斷了遭到汙染的管線的一部分。

她砍掉的好像就只有遭到汙染的溫泉流經的部分，這樣的話，應該不用幾天就可以修理好了吧。

我放心地喘了口氣，而就在這個時候。

漢斯那邊傳來了嗶嗶剝剝的龜裂聲。

「和真，和和、和真……！」

聽見惠惠害怕的聲音，我隨著轉過頭去看。

漢斯……不，是形狀有如漢斯的史萊姆。

「這……！好完美的史萊姆啊！太可惜了！要不是有毒的話，我真想帶回家當寵物！」

就在達克妮絲說出這種讓人懷疑她的腦袋大概已經被溶掉的發言時……

那巨大的身軀已經膨脹到和我的豪宅差不多了。

「也太大了吧————！」

8

已經完全不留人形，變得像是軟糖般渾圓的巨大史萊姆，接連吞噬了附近的樹木，並吸收到體內去。

「完了，漢斯認真起來了！維茲，想辦法處理一下那個傢伙！用妳剛才那招冰凍他的魔法！趕快用那招解決掉他！」

我們一面尖叫一面逃竄，為了避免被漢斯吞掉而不停奔跑。

「如果使用剛才的魔法，以我的魔力會不足以完全凍結變得那麼大的漢斯先生！必須有人分魔力給我才行……！」

維茲對我這麼說，而現場能夠分魔力給維茲的人就只有……！

「惠惠！這次就要請妳當祭品了！我的魔力根本不夠，而且維茲吸了阿克婭的魔力又會鬧肚子！」

「我嗎？我我我、我才不要！要吸我的魔力，還不如讓我用爆裂魔法，將那個傢伙炸得粉碎！」

「別這樣——！那會讓這座山遭受汙染！」

惠惠的發言惹得阿克婭如此大喊，而達克妮絲開始卸下身上的鎧甲。

……妳給我等一下。

「妳在幹嘛啊？為何突然卸下鎧甲……」

「因為面對史萊姆，穿著鎧甲也沒意義。反正他可以從縫隙鑽進來，不如乾脆脫掉。」

只讓我覺得她的腦袋已經溶掉的達克妮絲，褪去重要的鎧甲，只剩下一身便服。

「而且，我很喜歡這套鎧甲。難得你才剛幫我修得這麼漂亮，我可不想害這套鎧甲被溶掉或是又被刮傷。」

說著，達克妮絲連大劍也一併扔開。

物理攻擊對史萊姆沒有意義。

她大概是覺得，既然用不上的話，乾脆就放下沉重的武器吧。

「喂，妳脫光了裝備還想幹嘛，快逃啊！」

我抓著達克妮絲的手，準備拉著她離開，但她默默指著源頭的方向。

她所指的——

「哇啊啊啊啊啊——！和真先生——！和真先生——！」

是眼睜睜看著漢斯近逼而至，卻依然一邊哭喊，一邊將手放在源頭裡，完全不打算逃跑的阿克婭。

「白痴啊，妳在幹嘛！別管那種東西了啦，快點閃人！」

「可是！可是！沒辦法守住這裡的話，我的信眾該怎麼辦！」

達克妮絲衝到阿克婭身邊，保護手都燙傷了，卻依然繼續淨化溫泉的她。

臉色鐵青的維茲也下定決心，前往阿克婭的身邊。

「和真，現在該怎麼辦？趕快像平常一樣，想點狡猾的小手段出來擺平這件事啊！」

「妳、妳這個傢伙……！什麼狡猾的小手段！知道了啦混帳，我想就是了，所以妳也把妳辦得到的事情準備好！」

「我、我辦得到的事情？」

雙手抱著法杖的惠惠，不知所措地這麼問。

「說到妳辦得到的事情當然就只有那一件事而已！妳的工作是給頭目最後一擊！等妳做好施展魔法的準備，就到她們幾個人身邊去等著！」

說完，我丟下用力握好法杖的惠惠，朝漢斯衝了過去。

漆黑的巨大果凍狀物體有如黏液般蠕動著，不僅吞食了樹木，還貪得無厭地連附近的土石都吸了進去。

解除了人類型態的他，現在可以說是近乎單憑本能在行動的狀態吧。

漢斯並未主動攻擊我們，而是一面吸食周邊的東西，一面緩慢地朝源頭前進。

以我手邊的武器和技能，根本無法拿這個巨大的史萊姆怎麼樣。

應該說，這下到底該怎麼辦啊？

就算我用了「Freeze」，大概連讓這個傢伙的表面結一層霜也辦不到吧。

再說了，漢斯已經相當靠近阿克婭她們所在的那個源頭了，以這樣的相對位置來說，也無法使用爆裂魔法。

要是阿克婭願意放棄那個源頭逃跑，那也就算了，偏偏那個傢伙平常那麼膽小，卻在這種不必要的時候展現出她的毅力。

即使想吸引漢斯的注意，我也沒有箭矢了，以現在的狀態實在無法……

……不對，等一下喔。

現在的漢斯，應該幾乎都是靠本能在行動。

面對這樣的傢伙，要是把我手上的這個丟到他面前……

「阿克婭大人，即使我耗盡全部的魔力，也無法凍結巨大化的漢斯先生！現在還是先撤退吧。要是阿克婭大人有什麼萬一，阿克西斯教團的人們會更難過啊！」

「不要——！要是現在沒辦法保護那些孩子，我要怎麼面對他們？就連信眾的經濟支柱都保護不了的話，我還有什麼存在意義可言！現在最重要的是多給我幾次『Freeze』！」

維茲在施展「Freeze」的同時，仍然拚命說服的阿克婭，但她還是聽不進去。

在她們兩個身邊的，還有已經完成準備，隨時都可以施展魔法的惠惠，以及活動著脖子，正在做暖身運動的達克妮絲。

在達克妮絲的腳邊，有她最愛護的鎧甲、大劍，還有……

和我一起買的大量土產。

「達克妮絲，拿著妳腳邊的那些東西過來我這邊！」

「咦？那些東西是指這些土產嗎？」

達克妮絲乖乖地拿著那一大堆土產，走到我身邊來。

我從背上的行李裡面，拿出自己買的土產。

在耳朵不尖的精靈和沒留鬍子的矮人的店裡買來的阿爾坎甜饅頭和肉包子。

我把土產朝漢斯扔了過去。

「啊！怎麼可以做這種暴殄天物的事情，小心遭天譴喔……你……」

達克妮絲原本想責怪我這麼做，但看見漢斯緊接在後的舉動便閉上了嘴。

漢斯喜出望外地跟著我丟出去的甜饅頭移動了起來。

比起樹木和土石，史萊姆應該也比較喜歡高蛋白質又高熱量的東西吧。

我接過達克妮絲捧過來的大量土產……！

「不、不可以啦，和真！那些是我想送給父親大人和執事們的禮物……！」

達克妮絲察覺到我的意圖，試圖想要阻止我，但我沒有理會她，依然將那些東西往源頭的反方向撒了出去。

「土產再買就是了！我也會陪妳一起挑！沒時間讓妳難過了，快跑！」

我帶著瞬間露出難過的表情的達克妮絲，跑回大家身邊。

漢斯似乎對達克妮絲那一大堆土產起了興趣，往那邊蠕動了過去。

「維茲，如果漢斯是在四分五裂而且體積變小的狀態下，妳有辦法凍結他嗎？」

「漢斯先生變成現在的一半大小的話，我的魔力或許勉強夠用……」

勉強夠是吧……好。

「阿克婭，維茲會將散成一片一片的漢斯凍結，妳有辦法淨化那些碎片嗎？」

「當、當然可以！應該說，如果不是這種必須講求效率的緊急情況的話，我還可以展現一下我的真本事！」

看來沒問題。

「我要負責保護大家，不受飛散的漢斯影響對吧？」

「就是這麼回事，全靠妳了喔。」

這個部分就完全只能信任達克妮絲那副強健的體魄了。

阿克婭裝備著能夠抵禦中毒和其他各種狀態異常的神具。

有這樣的阿克婭跟抵禦能力不輸給她的達克妮絲，就連魔王軍幹部的劇毒都擋得住。

……應該啦。

我沒記錯的話，這個傢伙應該也學了大量的狀態異常抵禦技能才對。

專司防禦的傢伙就是要用在這種時候，也只能相信她了吧。

漢斯開心地在我們眼前狂吃達克妮絲的土產。

魔法起不了太大的作用，物理攻擊也無效。

碰到就會中毒而死，打倒了還會汙染周邊。

為什麼我得對付這種棘手的大咖怪物啊？

快樂的溫泉旅行是上哪去了？

大家一直說我的運氣很好，這肯定是哪裡搞錯了。

「和真，我已經準備好了！隨時可以賞他一記特大號的！」

拿掉眼罩的惠惠這麼說著，紅色的眼睛閃閃發亮。

已經吃光那些土產的漢斯，不知道是為了尋求新的獵物，還是依循著僅存的理性。

他轉向面對了我們。

我朝維茲伸出手。

「我做出指示之後，維茲就吸走我的魔力吧，別讓我死掉就行了。」

「咦？」

我一邊聽著維茲的聲音……

「……那麼，惠惠，交給妳了。動手吧！」

「交給我吧！我要出招了！『Explosion』——————！」

並見證了惠惠的爆裂魔法命中了漢斯，將他炸成粉碎之後——

在達克妮絲護住我們的同時，魔力被維茲急速吸走，我任憑意識逐漸變得模糊……

並且將剩下的事情，全都交給了這群平常不太可靠，唯獨只有在這種時候顯得特別值得信賴的同伴們——

9

幾天之後——

我們幾個拯救了這個城鎮的英雄——

「嗚嗚……我明明那麼認真……！這次我真的很認真耶……！」

帶著一直哭哭啼啼，眼淚掉個沒完的阿克婭，踏上回阿克賽爾的歸途。

「該怎麼說呢……這次我真的很同情阿克婭……」

在搖晃的馬車上，惠惠安慰著阿克婭。

聽著著她安慰的話語，阿克婭依然望著窗外，不斷吸著鼻子。

——炸碎了漢斯之後——

達克妮絲以身為盾，擋住所有落向我們的漢斯殘骸。之後，透過我補充了魔力的維茲，將所有殘骸都凍結了起來。

「……父親大人和執事們不知道會不會喜歡這個……」

達克妮絲拿著重新買過的土產這麼說，顯得有點坐立難安。

這個傢伙大概有點戀父情結吧。

我將視線從靜不下來的達克妮絲身上移開，對阿克婭說：

「……妳這個傢伙，不知道什麼叫做拿捏分寸嗎？」

「可是我也沒辦法啊，我想說沒有盡全力的話，就會遭到汙染嘛！哇啊啊啊啊啊啊啊，我明明那麼努力，真是太過分了──！」

我沒理會哭喊的阿克婭，看著依然累癱在我眼前的維茲。

原本就已經很蒼白的臉色，現在看起來更像是隨時會消失一樣，多了幾分透明感……不對，這狀態是……！

「喂，她又要消失了啦！都快要消失了！」

「達克妮絲，生命力！快幫維茲補充生命力！」

「我、我知道了！和真，儘管吸吧！」

馬車裡的我們連忙照料維茲。

我用「Drain Touch」吸取了在我們當中最具有生命力的達克妮絲身上的活力，並加以轉移給維茲。

直到差點消失的維茲變回了原樣，我們這才鬆了口氣。

在這樣的騷動之中。

看著窗外的阿克婭──

「我只是努力淨化而已啊！為什麼大家都要罵我——！」

只是如此哭喊著。

——我們向冒險者公會報告了自己打倒了魔王軍幹部漢斯的消息，成了解決這次汙染騷動的大功臣，受到各方感謝。

……直到管線裡流出來的溫泉，變成了普通的熱水為止。

在我因為魔力被吸走而昏過去之後，阿克婭發揮了百分之百的真本事進行淨化。

結果，整座山的源泉都變成了普通的熱水。

同時，某個可憐的巫妖也受到強烈的淨化之力影響，差點蒙主寵召。

該怎麼說呢，魔王軍原本是想除掉阿克西斯教團的財政根據；而以結論看來，阿克婭則是達成了他們的這個目的。

阿克婭毀掉了一個城鎮的主要產業。

照理來說，應該會被要求天價的賠償金才對。

不過，這次因為是阿克西斯教的大祭司為了拯救教團，並出自善意的行為，而且基本上也算是拯救了城鎮，於是就直接將漢斯的懸賞金轉作賠償金，好不容易才讓大家放過我們。

然後，原本回程可以靠維茲的瞬間移動魔法回去，但她現在依然處於只要一不小心就會瀕臨消失的狀態，只好像這樣搭馬車回去。

「吶，聽我說！妳們兩個聽我說啦！拜託妳們聽我說！」

「怎樣啦怎樣啦，馬車已經夠搖了，別再搖我了好嗎。」

「怎麼了？有話就說吧，我聽妳說就是了。」

在惠惠和達克妮絲一臉認真地注視之下，阿克婭說：

「這次的事情之所以會變成這樣……全都是因為我的力量太強，我想妳們應該都明白了吧。所以，就算達克妮絲再怎麼愣頭愣腦，惠惠再怎麼腦袋有問題……好痛好痛！聽、聽我說啦！我想說的是，妳們兩個再怎麼遲鈍，也差不多該察覺到了才對！」

儘管被惠惠和達克妮絲勒住，處於只能任憑擺布的狀態，阿克婭還是向她們如此強調：

「妳們也差不多該相信，我真的是女神了吧。」

聽阿克婭這麼說了之後，兩人瞬間沉默了一下便說：

「……和真，下次再一起去更有效又更好的溫泉吧。」

「沒錯，而且要去能夠治腦袋的溫泉。」

「相信我啦——！」

在喧鬧的馬車當中——

阿克婭特別刺耳的哭聲仍不斷地迴響著。

1 終章——最高神官辦公室——

「——報告到此結束，以上就是關於這次騷動的整理。」

看完呈上來的報告之後，我呼出了一口氣，試圖平息變快的心跳。

眼前這個拿報告過來的祭司，雖然表面佯裝冷靜，但內心肯定也是和我一樣歡欣鼓舞，心臟狂跳吧。

因為他從剛才開始就不時輕輕閉上眼睛，在嘴裡唸著感謝的話語。

「只憑靠著一己之力就淨化了整個城鎮的溫泉。而且，遭到魔王軍幹部——漢斯的劇毒所汙染的源頭，以及打倒漢斯時四散的碎片，也全都完成了淨化。」

唸著報告的我，無法壓抑住聲音的顫抖。

「要淨化魔王軍幹部漢斯的碎片，必須集合多名優秀的大祭司，花上好幾個月才有可能完成，對吧。」

「是的。還有……關於那位大人的樣貌。」

前來報告的祭司以感動至極的顫抖聲音說：

「水藍色的頭髮及水藍色的眼睛。身上披著羽衣，而且是一位眉清目秀的美女。」

錯不了了。

開心過頭，我覺得自己都快要發瘋了。

「請問該怎麼辦呢？這個城鎮的信眾……」

「當然要讓大家知道，但是要暗中進行。或許那位大人還會來這個城鎮玩呢，為了讓那位大人來玩的時候不需要有太多顧忌，通知時要仔細叮嚀大家，別隨便向那位大人搭話。另外，經過淨化的源頭現在變成怎樣了？」

「是的。溫泉沒了，但是……」

「聽說有人泡過之後傷口癒合了，撒在不死怪物身上還能發揮聖水的功效之類？」

「是的，而且還是非常強效的聖水……坦白說，比起經營溫泉，販賣這種聖水的利益更是高上許多。」

那當然了。

畢竟，這是那位大人傾盡全力淨化過的水，會有這種功效也是理所當然。

「……這麼說來，我們似乎讓那位大人支付了高額的賠償金……」

「……該如何是好呢？假裝我們沒發現那位大人的真實身分，那位大人應該也比較能夠放心再次來到這個城鎮吧……」

正當我如此煩惱時，祭司說：

「那麼，這麼做如何？我們派遣教團的人到阿克塞爾去，透過各種形式將賠償金還給那位大人……」

「……也好，就這麼辦。照理來說，我們應該感謝那位大人拯救了這個城鎮，並且為不當的索取賠償致上最深刻的歉意才對……」

不過，這就等到那位大人哪天再次來到這個城鎮的時候吧——

祭司對我深深一鞠躬，然後說：

「那麼，我就依這個方式著手辦理了，傑斯塔大人——」

「好，麻煩你了。」

聽我這麼說，他行了個禮，走出辦公室。

我又看了一遍報告，然後在心裡深深感謝。

「我謹代表教團由衷感謝您，阿克婭女神——！」

2 終章 ——旅行結束時——

「偶回來惹——！」

「妳是連『我回來了』都不能好好說嗎？」

打開大門，阿克婭神采奕奕地走進我們離開了好一陣子的豪宅。

到頭來，這趟旅行到底是怎樣啊？

我們還是一樣被捲入一堆壞事當中，光是回想起來就讓我感到消沉。

不過，至少有泡到溫泉，而且還是男女混浴……

……混浴。

奇怪，那樣算是混浴嗎？

應該說，我只有和那個叫沃芭克的大姊姊一起泡澡而已吧。

再說了，那個大姊姊還用毛巾把自己包得緊緊的。

在豪宅裡，我和惠惠一起泡過澡，也和達克妮絲一起泡過澡了。

……奇怪，這是怎樣？

我好像沒去旅行的時候比較爽耶？

怪——了——？

「怎麼了？你那張好笑的臉變得更令人發噱囉。是什麼新的玩法嗎？」

「我在模仿妳的臉啊。如何，學得很像吧？」

正當我和撲過來的阿克婭扭打在一起的時候，達克妮絲說：

「真是的，才剛回來而已，你們就不能好好休息嗎？我去泡紅茶，你們冷靜一點。」

說著，她卸下鎧甲，到洗臉台洗手去了。

「呼，還是待在這裡最能放鬆。雖然說要去旅行的人，也是我就是了。」

惠惠一面這麼說，一面往大廳的沙發上一躺。

「等一下，惠惠，那裡是我神聖的特別座喔。」

「妳想要這個位子的話，就用這個遊戲來贏回去吧。」

惠惠拿出她很會玩的桌上遊戲，和阿克婭玩了起來。

我也同樣坐到沙發的一角，看著她們兩個比拚輸贏的過程，不久之後，達克妮絲也泡好紅茶端過來了。

這個傢伙平常那麼笨手笨腳，竟然還會泡紅茶啊。

「惠惠，妳那個大法師有夠礙事耶。我把我這個沒有用的十字騎士給妳，跟我交換棋子好不好？」

「不好，以我的戰略而言，十字騎士也是沒有用的東西。快點，輪到阿克婭了喔。」

「喂，那個……該怎麼說呢？我知道妳們是在說那個遊戲，但是……」

我一面啜飲著紅茶，一面不經意地聽著這樣的對話。

或許是因為剛結束旅行回到這裡吧，這種悠閒的氛圍讓我感到心曠神怡。

但是，這種時候肯定又會發生什麼事情。

我也是有學習能力的。

「惠惠！惠惠在不在？還有和真先生！」

著急的喊叫聲，同時還有敲門聲。

看吧，我就說吧。

「我們都在——這個聲音是芸芸吧？怎麼了，又發生什麼麻煩的事情了嗎？隨便啦，不管是魔王軍的幹部還是大咖的懸賞對象，我都沒在怕了啦。」

我一邊這麼說，一邊前去開門，接著看見的是瞪大了雙眼，似乎相當慌亂的芸芸。

著急到整張臉都漲紅了。

不知道到底發生了什麼事，芸芸的肩頭隨著急促的呼吸上下擺動著。

「那、那個……突然說這種話實在很不好意思，不過……」

芸芸的雙唇用力一抿，像是下定了決心。

而我一邊喝著紅茶，一邊一臉氣定神閒地鼓勵她說出來。

現在的我已經什麼都不怕了，已經很習慣這種發展了。

「怎麼了，芸芸？妳有什麼事情要找我嗎？」

惠惠站起來這麼說，但芸芸只是輕輕搖了搖頭。

然後，她直視我的面孔。

所以是找我有事嗎？無論是任何難題我都候教。

芸芸對著滿不在乎地啜飲著紅茶的我說：

「我……！我……！我想要和真先生的小孩！」

我不禁把含在嘴裡的紅茶噴了出來。

（完）

後記

慶祝第四集上市！

第四集了耶。有四本書的話，綁起來都可以拿來當武器砸人了。

如果讀者有正在尋找優秀武器的朋友，請務必推薦本作。

有空的時候還可以拿起來閱讀消遣一下，非常優秀喔。

——首先有幾件事要向各位報告。

目前正在sneaker官方網站「ザ・スニWEB」連載的《為美好的世界獻上爆焰！》，竟然要出實體書了。

預計將會追加整整一個篇章，還有其他新撰寫的內容。

已經看過外傳故事的讀者，看了這一集應該也有察覺到，外傳的故事差不多要和本篇接起來了，所以希望各位也能夠欣賞一下外傳。

接下來——

這部作品，竟然要在月刊《Dragon Age》漫畫化了！

漫畫化……！超強的……！我都興奮到發抖了……！

總之就是這樣，目前正在進行漫畫化的企畫。

敬請期待漫畫化之後的本作！

大概從下一集開始，或許會開始脫離輕鬆搞笑的風格，又或許不會。

相信各位一定能夠從中得到許多樂趣，所以也請各位繼續支持下一集。如此一來，作者也會開心到在院子裡跑來跑去。

——總而言之，這一集也是託了大家的福才能夠順利出版。

編輯部的各位、K責編、參與本書製作的各位、業務、書店的各位人員，以及負責插畫的三嶋くろね老師。

每次都不知道該如何表達對各位的感激，真的非常謝謝大家。

最重要的是繼續閱讀了這一集的各位讀者，在此由衷致上謝意！

曉なつめ

NEXT
我想要和真先生的小孩！
沒問題！
什……妳是認真的嗎？
芸芸！
這孩子突然冒出這是什麼話啊？
……這是高層次的播種玩法嗎！
妳們幾個……我知道了，
妳們在忌妒她對吧？
…………
總、總之請跟我一起去紅魔之里吧！
美好的世界獻上祝福！5
暴裂紅魔 Let's & Go!
COMING SOON!!

國家圖書館出版品預行編目(CIP)資料

為美好的世界獻上祝福！. 4, 廢柴四重奏 / 暁なつめ作 ; kazano譯.
-- 初版. -- 臺北市 : 臺灣角川, 2015.04
面； 公分. -- (Kadokawa fantastic novels)

譯自：この素晴らしい世界に祝福を！. 4, 鈍ら四重奏-ナマクラカルテット-
ISBN 978-986-366-469-7（平裝）

861.57 104003104

Kadokawa
Fantastic
Novels

為美好的世界獻上祝福！ 4
廢柴四重奏

(原著名：この素晴らしい世界に祝福を！4 鈍ら四重奏～ナマクラカルテット～)

2015年4月18日 初版第1刷發行
2024年5月20日 初版第17刷發行

作　者：暁なつめ
插　畫：三嶋くろね
譯　者：kazano

發 行 人：台灣角川股份有限公司
總　　監：呂慧君
總 編 輯：蔡佩芬
主　　編：林秀儒
副 主 編：楊鎮遠
設計指導：陳晞叡
印　　務：李明修（主任）、張加恩（主任）、張凱棋、潘尚琪

發 行 所：台灣角川股份有限公司
地　　址：104台北市中山區松江路223號3樓
電　　話：(02) 2515-3000
傳　　真：(02) 2515-0033
網　　址：www.kadokawa.com.tw
劃撥帳戶：台灣角川股份有限公司
劃撥帳號：19487412
法律顧問：有澤法律事務所
製　　版：尚騰印刷事業有限公司
ISBN：978-986-366-469-7